# 俺のリアルとネトゲがラブコメに侵蝕され始めてヤバイ

藤谷ある

口絵・本文イラスト　三嶋くろね

# 目次

# #10【エピローグだけど、プロローグでヤバイ】

とりあえずこれは二次元《ヴァーチャル》であって、決して三次元《リアル》ではない。

それだけは最初に断っておこうと思う。でだ……

俺《おれ》がいつものように何気なくギルドハウスの扉《とびら》を開けると、中に――


水着少女がいた。


しかもオーソドックスな紺《こん》のスク水……

「うぼぉおおおおぇぇぇぃ⁉　なっ、なんなんだ、その格好は！」

思わず頓狂《とんきょう》な声を上げてしまった俺だったが、スク水少女はニタリ顔で冷静に見詰《みつ》め返してくるだけ。無論、そんな彼女《かのじょ》のことを俺は良ーく知っている。

俺達《おれたち》のギルドリーダーで名前は雫《しずく》だ。

彼女は扉に手をかけたまま固まる俺に対し、愉悦《ゆえつ》の表情を浮《う》かべながら前に進み出てくる。細身でモデルのような体躯《たいく》と、真《ま》っ直《す》ぐな黒髪《くろかみ》が揺《ゆ》れ、濡《ぬ》れそぼったような瞳《ひとみ》が俺を見上げる。そして両手は偉《えら》そうに腰《こし》に置かれた。

「スク水に決まってるだろ？」

「いや、そういうことじゃなくて」

「スクール水着だ」

「略称《りやくしよう》が分からなかった訳じゃねえ！」

「さすがだな」

「そこをほめられても嬉《うれ》しくねえよ！」

彼女の体を包《つつ》むスク水。体のラインがハッキリと分かるほどぴーったりフィットしているにもかかわらず、誇《ほこ》らしげに胸を反らすのだから目の行き場に困る。

この世界のファンタジックな設定から大きく懸《か》け離《はな》れたその装備は、恐《おそ》らく特別なキャンペーンで手に入れたアイテムか、もしくは課金アイテムの類《たぐい》だろう。

「いつもの装備はどうしたんだよ。それで一体何がしたいんだ⁉」

「おかしい……これで欲情しないなんて」

「よっ、欲情なんてするかよ！　するわけがない！　そしてそんなふうに顎《あご》に手を当てつつ真剣《しんけん》な顔で悩《なや》まんでくれ！」

「むぅ……ならこれならばどうだ？」

雫は宙を指先で撫《な》でた。するとすぐにステータスウインドウが空中に現れ、慣れた手付きでそこにある装備画面を操《あやつ》る。

事を終えるとウインドウが消失し、同時に彼女の両脚《りようきやく》にブロックノイズが集まり始める。ノイズはすぐに固着し、新たな衣装となって装備された。

それはなんだか黒いもので……

「な、なんだそれ……」

「見ての通り黒パンストだ」

彼女はそれを証明するように太ももの辺りの生地《きじ》をつまんで見せる。すると、びよ～んとストッキングが伸《の》びて白い肌《はだ》を透《す》かせた。

こ、これはプログラムされた仮想のものとは思えない出来！　まるで本物のみたいに良くできてるなー。

「黒パンストにスク水を重ね着するのが趣向《しゆこう》とか、かなりの強者だな」

「はいっ⁉　俺がいつそんなこと言ったよ！　こちとらそんな特殊《とくしゆ》な趣味《しゆみ》はとんと持ち合わせてねえ！」

「おかしいな。言うなればカレーも食べたいが、牛丼《ぎゆうどん》も食べたい。なら一緒《いつしよ》にしてしまおう。というお得発想なのだが」

「どこの牛丼屋のメニューだ！」

どんな発想だよ！　と憤慨《ふんがい》していると、ギルドハウスの奥《おく》で別の声が上がった。

「ふっふー、雫はなんにも分かってないにゃりねー」

いかにも嬉しそうな声と共にとてとてーっと入口まで出てきたのは、猫《ねこ》耳を頭に生やした銀髪《ぎんぱつ》の少女だった。最後にぴょこんと跳《は》ねた拍子《ひょうし》にお尻《しり》から生えた尻尾《しっぽ》がそれに同調するように揺れる。

彼女の名前はリコッタ。ちっこ可愛《かわい》い獣人族の女の子だ。そんな彼女もなぜかスク水姿で、俺の顔を見ながら小悪魔《こあくま》っぽく笑《え》んでいる。

「雫のやってることはナンセンスにゃん。こういうのは何も手を加えない伝統的で正統派なものが好まれると相場は決まっているのにゃ」

雫は何か言いたそうにしていたが、リコッタの意識はすでに俺に向けられていた。

彼女は自分の姿を披露《ひろう》するようにその場でくるりと回って見せる。

「言いたいことは多々あるが……とりあえず、なんでお前までそんな格好してんだよ！」

「ははーん、その様子だと完全にリコッタのスク水姿に惚《ほ》れてしまったにゃりね？」

「なんでそうなるよ！　惚れないから！　完全にとかあり得ないから！」

「またまったーそんなこと言っちゃってー。嘘《うそ》はいけないにゃ？　ほんとはリコッタの髪《かみ》の毛をくんかくんかしたいくせにぃ」

「したくねえよ！」

「じゃあ、ごほうびに抱《だ》っこしてにゃ」

「何のほうびだ！　俺がお前にほうびをやらんといけない理由が分からん！」

「仕方がないにゃあ。抱っこはあきらめるのでキスで妥協《だきょう》するにゃ」

「それは妥協ってレベルじゃねえ！」

「ふーん、じゃあ本当のこと言うにゃん…………子作りしようにゃ！」

「どストレートすぎるわ！」

「ああ、頭痛くなってきた……」

「にゅふふふ♪」

それでもリコッタは俺が憤《いきどお》る姿すら愛《いと》おしそうな目で見てくる。

「……なんなんだよ、もう」

「じゃあ、そういうわけにゃから」

彼女が満面の笑みを浮かべた次の瞬間《しゅんかん》、俺の腰周りに衝撃《しょうげき》が走った。リコッタがいきなり抱きついてきたのだ。

「どういうわけだ⁉　おい、やめっ！　くっ、くっつくなって、あ……へ、へんなとこ触んな、こらっ！　まずいっ、ほんとまずいからっ‼」

「あんた達《たち》⁉　なっ、ななな、なにやってるの⁉」

じゃれてくるリコッタをなんとか引《ひ》き剥《は》がそうとしていると、室内にあるテーブルの方から裏返ったような声が上がった。

見れば慌《あわ》てた様子の少女が細い眉《まゆ》を吊《つ》り上《あ》げ、こちらを睨《にら》んで立っていた。どこかお嬢《じょう》様《さま》然としたその子の名前は姫《ひめ》。尖《とが》ったエルフ耳をピンと立たせて金髪《きんぱつ》を振《ふ》り乱《みだ》し、俺に向けた指先をわなわなと震《ふる》わせている。

「こっ、この変態猫！　今すぐそこを離れなさいっ‼」

「やーだにゃ。それにリコッタより姫の格好の方がどうかと思うにゃ。防御力《ぼうぎょりょく》とか怪《あや》しそうなそんな装備、露出狂《ろしゅつきょう》の痴女くらいしか着ないにゃりよ」

「ち、ちちち……じょ⁉　う、うるさいわね！　水着っぽいのってこれしか持ってないんだから仕方ないじゃない！」

姫はリコッタに指摘《してき》され、改めて羞恥心《しゅうちしん》が湧《わ》いてきたようで恥《は》ずかしそうにその場にうずくまってしまった。

彼女が着ている装備。それは極普通《ごくふつう》のビキニなんだけど、そこに肩当《かたあ》てとか、ガントレットとか脛当《すね》てが付いている……いわゆるビキニアーマーと呼ばれる代物《しろもの》だった。

確かに露出度《ろしゅつど》は高いけど痴女呼ばわりされるほどのものじゃーないと思う。

でもなんか……気になるよね？　ビキニアーマーって。

そんな時、うずくまっていた姫と俺の視線が不意に合わさった。

「今、むっ、むね、見てたでしょ!?」

慌てて両腕《りょううで》で胸元《むなもと》を隠《かく》した姫は、爆発《ばくはつ》したように顔を真っ赤にして俺を睨み付《つ》けてくる。

「見てない、見てない、見てないよ！」

「三回も言うところがあやしい」

「そんなことないって！」

「嘘よ、絶対見た、すごい見た！」

「てか、んな格好で見るなっていうことのほうが難しいだろ！」

「やっ……やっぱ見たんじゃない!!」

墓穴掘《ぼけつほ》った。

姫は頬《ほお》を膨《ふく》らませプンスカ状態。俺はただギルドハウスの扉を開けただけなのに、すでに色んな事が起きている。もう訳が分からないよ。

訳が分からないと言えば、なんでみんな水着を着てんだ??

そんな事を考えていたら、最後にとんでもないものがやってきた。

「ふぇぇぇぇぇ……ひっ、姫ちゃーん……」

ギルドハウスの最奥《さいおう》から聞こえてきたのは、すすり泣きにも似た弱々しい声。その声の持ち主は積み上げられた木箱の陰《かげ》で救いを求めていた。

震える涙《なみだ》目、そしてゆるふわウェーブの髪が怯《おび》えて揺れる。

見るからに穏《おだ》やかそうなその子の名前はましゅー。彼女もまた、みんなと同じ水着姿だった。でも一目で分かる程《ほど》に、彼女の場合は他の三人と見た目が大きく異なっていた。

それは明らかに……

下着⁉

というか、装備品を全《すべ》て外した時に現れるいわゆるベース下着みたいなもの。

でも彼女の体型がアレでソレなもんだから、妙《みょう》にぴっちぴちの、つんつるてん状態で体が収まりきっていないという感じ。特に豊かすぎる胸の辺りとか、お尻の辺りとかムチムチでやばい！　それをなんとか隠そうと片手で胸元を、もう片方で後ろの方を押《お》さえてモジモジしてるから余計に見てはならぬもののように映る。

「……づぬおっ⁉」

視覚的刺激《しげき》に頭が真っ白になって硬直《こうちょく》する俺。そんな俺の横で姫が驚嘆《きょうたん》の声を上げる。

「あっ、あんた、なんて格好で出てくんのよ⁉」

「だ、だって……水着っぽい装備持って無いし……それに近いのって……」

「だからって、そのまま出てくることないでしょ！」

「で、でも……みんな先に行っちゃうから、ううう……」

ましゅーの瞳の中で大粒《おおつぶ》の涙が決壊《けっかい》の時を迎《むか》えようとしている。

「わっ、わかったから！　あたしが何か見繕《みつくろ》ってあげるから裏で着替《きが》えてき……」

姫は言いかけたところで言葉を止めた。それはましゅーを見たまま固まっている俺に気付いたからだ。

「……ば⁉　ばかっ！　見ちゃダメ！」

「うぇっ、ちょっ⁉」

俺の視界は突如《とつじょ》、姫の両手で塞《ふさ》がれた。でもそれはなんとなく不十分で、指の隙間《すきま》から見えちゃってるんだけどね。雫がましゅーを見ながら「これは下品極《きわ》まりないｗ」と呟《つぶや》いてる姿もきちんとうかがえたし。

そんな時、機に乗じてリコッタが再び俺の体に「きゃっきゃっ」とまとわりついてきた。

「ちょっと⁉　あんた、どさくさに紛《まぎ》れて何やってんのよ！」

耳元にリコッタを怒鳴《どな》りつける姫の声が響《ひび》く。

でも今は、あなたの胸が俺の二《に》の腕《うで》に当たってることが一番気になるんですが！
ああ……この世界ならばまともに生きて行けるかもしれない。そう思っていたけれど、もうダメかもしれないな……俺。

さて、改めて状況《じょうきょう》を整理すると、
俺がいつものようにギルドハウスにやってきたら、水着少女四人（内一名下着だけど）が待っていた。そんな彼女らにくっつかれたり、すがりつかれたり、抱きつかれたり……。
なんなんだろうね？　これは。どうして、こんなふうになっちゃったんだろ？
その経緯《いきさつ》は数週間前にさかのぼるわけで——

# #01【いきなり告白されてヤバイ】

「あなたのことが好きです」

そんな台詞《せりふ》、一度は言われてみたいと思ったことはあるだろう。

以前から気になっていた憧《あこが》れのあの子からの告白。

ずっと幼馴染《おさななじ》みだと思っていたあいつからの突然《とつぜん》の告白。

はたまた、不意にやってきた運命的な出会いからの告白。

他にも色々あるけれど、とにかくそんなイベントが起きるということは自分に好意を寄せてくれている人がいるということ。

でも実際にはそんな事象が起きる気配なんてこれっぽっちも無い。あるわけない。ラブコメマンガやギャルゲーでもあるまいし。それに俺、小中とずっと男子校だったから女子との接点を思い返してみてもなーんも無いんだよね。

唯一《ゆいいつ》、我《わ》が家《や》に妹っていう生き物がいるけどアレはそういう対象ではないし、これが実は義妹《ぎまい》で――――なんていう事も現実には起こり得ない。

んで、ここにきて高校進学↓初の共学という出来事がやってきたんだけど……

それが何？　って話。

結局、なんにも変わらんかった。

これまでの俺と女子との関《かか》わりをたとえるならば、サボテンも生えない枯《か》れた大地。オアシスの無い砂漠《さばく》。そこで干《ひ》からびかけたミミズのようなものが俺だ。（そもそもミミズが生息してるかどうかも怪しい）

こんなんじゃこれから先、女子との出会いなんて想像できない！

でも別にいいもんね。

三次元《リアル》の女なんてどうでもいい。だってあいつら何考えてるのか分からないし、まるで別の生き物みたいだし、うるさいし、面倒《めんどう》だし、劣化《れっか》するし、それに……

なによりリアルには夢が足りない!!

まあ今の俺にはもっと心地《ここち》の良い場所があるから全然問題ないんだけど……。

ところがだ！

どういうわけだかこの俺、鷺宮慧太《さぎみやけいた》のもとに〝コクられる〟なんていうイベントが突然やってきたのだ。

俺に向かって「君のことが好きだ」と宣《のたま》ったそいつは、さらりとした赤銅色《しゃくどういろ》の髪をなびかせて、白い歯を輝《かがや》かせ爽《さわ》やかに微笑《ほほえ》んだのだ。

細身ながらも引き締《し》まった体、精悍《せいかん》な顔つきとキレのある声。

そう……そいつは〝男〟だった。

しかも全身を統一された白銀の鎧《よろい》で包むクールな出《い》で立《た》ち。

彼《かれ》は港が望める広場で段差のある路肩《ろかた》に足を掛《か》け、妙に格好つけた姿勢で言葉を続ける。

「僕《ぼく》とつき合えばいいと思うよ」

それはなんとなく……いや、かなり不遜《ふそん》な物言い。

もちろん俺にそんな趣味はないし、あちらさんも「やらないか？」と言っている訳でもないだろう。ただ単に真実を知らないだけ。

なんでこんなことになってしまったのか？　それは周囲の景色を見渡《みわた》せば理解できる。

石畳《いしだたみ》が広がる中世ヨーロッパ風の街並み。行き交う人々は皆《みな》様々な形のアーマーやローブを身にまとい、腰には剣《けん》などの武器を装備している。まさにオーソドックスなファンタジー世界。

それはこの場所が、ＭＭＯＲＰＧ【ゼクスヴェルトオンライン】の中であるからだ。

ゼクスヴェルトのビジュアルは良い意味で適度にアニメナイズされながらも、絶対的な存在感と空気感がある。髪の毛《け》一本一本の表現から、アバターの表情まですごく自然で、ちょっと考えるとおかしいはずなのにまるで自分が二次元世界の住人にでもなった気にさせてくれる。

これも次世代ゲームデバイス【エンターテイメント《E》・ステーション《S》・ギア《G》】のおかげだ。空想でのことだけだと思っていたネット世界へのフルダイヴ。それがＥＳＧと呼ばれるヘッドギアをかぶるだけで可能になるなんて、ちょっと前までは想像もつかなかった。電脳だとか、ジャックインプラグだとか、まるで改造人間みたいなことをしなくても済むんだからお手軽すぎる。その超絶凄《ちょうぜつすご》い仕組みについては俺も小難しいことが苦手なんで良く分かんないんだけどね。

そしてこの世界での俺の姿はこんな感じ。

俺は広場に立っている水晶《すいしょう》石のモニュメントを覗《のぞ》き込んで見る。その平らな表面に映り込んだのは、ベールと修道服に身を包んだおとなしそうな女の子。小柄《こがら》で、線も細く、ついつい守ってやりたくなってしまうような清楚《せいそ》な雰囲気《ふんいき》を持つ少女だった。

もう、お分かりだろう。

いわゆる俺はネット世界でいう【ネカマ】というやつをやっていた。

女キャラを操っていて中の人が男である場合、それを公言している奴《やつ》もいるし、女を演じきっている奴もいる。俺《おれ》の場合は後者だ。ゼクスヴェルトの中では【リエル】を名乗り、しおらしい女子プレイヤーを演じている。

現実に失望し、「俺は二次元世界《ヴァーチャル》の住人になる！」と某《ぼう》ゴムの人みたいな台詞を吐《は》いてゼクスヴェルトの世界へ降り立った俺。

そもそもこの世界でカリスマプレイヤーと呼ばれている【メルルーナ】ちゃんのスクリーンショットに一目惚《ひとめぼ》れしたのがゼクスを始めた切《き》っ掛けだったが、今やそこにどっぷりとはまり込んでいる。

マイアバターもいつのまにか自分にとっての理想の女の子をメイキングしてたってわけ。

おかげで勘違《かんちが》いした奴らが、たまーにこうして釣《つ》れるのだ。

ってことは目の前の彼にも同じことが言えるのではないか？　そう思うのが普通《ふつう》だろう。

いわゆるネナベとかそういうやつのこと。

でも彼の場合は間違《まちが》いなくリアルでも男だと俺は確信している。なぜなら数々の言動や行動からそれがにじみ出ているからだ。

一つ、中身が女だと分かると積極的にアピールしてくるこの感じ。

二つ、クエスト中、回復アイテムの残量を気にかけてくれたり、街までエスコートしてくれたりとやたらと親切。

三つ、ログインしてない時も不必要にメッセージを頻繁《ひんぱん》に寄越《よこ》す。

……などなど。挙げればまだまだあるけれど、なにより俺自身が男だからそれが良ーく分かる。今までに同じような奴を何人もあしらってきたから。

つくづく男って馬鹿《ばか》だよなーって思いつつも少々凹《へこ》んでみたり……。まあそれだけ、俺の演じるリエルが完璧《かんぺき》だってことか。

それはさておき、今はこの危機から脱《だつ》することが先決だ。

「ええっと……あのぉ……」

俺はもじもじと恥じらう乙女《おとめ》のふりをしてみせる。このまま間を持たせて有耶無耶《うやむや》にしてしまうのが一番いいんじゃないかと思ったのだ。

しかし俺の狙《ねら》いに反して鎧の彼は真面目《まじめ》な顔でこう言い切る。

「ちなみに付き合うっていってもオンライン上のことではなくて、リアルでの話だからね」

何言ってんだ？　こいつ。

俺は崩《くず》れかけた表情を取《と》り繕《つくろ》う。

「き、気持ちは嬉《うれ》しいんだけど、急にそんなこと言われても……なんというか……」

「あ、そうだ！　まずは手始めに結婚《けっこん》でもしようか！」

「ぶっ⁉」

思わず素《す》に戻《もど》りかけた。

彼はゲーム上での結婚システムのことを言ってるのだろうが、それにしたっていきなりすぎだ。いきなりじゃなくても男プレイヤーと結婚だなんて御免被《ごめんこうむ》る。あんまりしつこいようならハラスメント行為《こうい》だのなんだのと適当にＧＭ《ゲームマスター》（運営側のサポート役）に訴《うった》えてアカウントの停止をしてもらうこともできるだろう。

だがそれができない理由があった。なぜって？

それは彼が俺の所属するギルドメンバーの一人だから。

え？　それだけじゃ理由にならない？

じゃあもっと詳《くわ》しく話すと、俺が所属するギルドってのがたまたま女アバターの集まりみたいな所で、どうやらみんな、中の人もリアル女子っぽいんだよね。

そこへ後から入ってきたのが彼、【ユーグ】なんだ。ユーグはギルドで唯一の男アバターなんだけど、あろうことかギルドメンバー全員が彼に気があるようなのだ。しかもその高貴な容姿と振《ふ》る舞《ま》いからみんなに【騎士様】なんて呼ばれてたりする。

騎士様が騎士様たる呼称《こしょう》の要因になったのは、その聖騎士《パラディン》のフルプレートアーマー。そいつはゲームへの重度の入れ込み、いわゆる廃人《はいじん》プレイヤーでないと手に入れられないような代物だ。しかもその装備をつけているプレイヤーは彼以外見たことないんだよね。俺からすればこんな奴のどこがいいのかさーっぱり分からない。女子会的な集団の中に入り込んでいる俺としては複雑な気持ち。

だがここで安易にユーグを通報してアカウント停止、なんてことになったら他のメンバーから恨《うら》まれかねないし、そこから芋《いも》づる式《しき》に騎士様がリエルに告白した！　ってことが知れたら相当まずい。みんなはリアルでも俺のことを女の子だと信じ切っているはずだし、下手すればギルド解散の危機にまで発展しかねない。

「式の日取りはいつがいいかな？　どうせなら何か記念になるような日がいいよね」

ユーグはこっちの気苦労を知らず、まだのん気なことを言っている。

そもそも最初のアプローチがプライベートチャットってところで怪しむべきだったな。

ここははっきりと断りの意思表示を見せる必要があると考えた俺は、真面目に彼と向き合った。

「いや、あのね。私そんなつもりないから」

「なるほど、いつでもいいと言うんだね？　君のそういう控《ひか》え目《め》で奥《おく》ゆかしいところ、僕は好きだな」

「はい!?　そういう意味で言ってるんじゃなくて！」

「ああ、ふむふむ、分かってる、分かってるよ。本当は心に決めた日があるんだね？　でもちょっと恥ずかしくて口に出せない。そうだろ？　そんなツンデレ風味なところも僕は好きだよ」

キモっ!! ってか、今さらだけど人の話聞いてないだろこいつは！

「あのねえ……」

「ほら、そうやって強がってみせるとこなんか特に」

「だから、違《ちが》うっていってるダロガー!!」

「はっはっはっ、相変わらずかわいいなあ、リエルは」

思わず男言葉になりかけた俺は、憤怒《ふんぬ》の気持ちを体で表現してみせた。といっても怒《おこ》った表情で、腕や足を盛んに動かして苛立《いらだ》ちを伝えるくらいしか方法はないんだけど。

これじゃ端《はた》から見たら、ただじゃれ合ってるカップルにしか見えないじゃないか！

現に何事かと足を止めて見ているプレイヤーもいるし、どんどん意図してない方向に進んでんぞ。なんなんだ、こりゃ……。

「じゃ名残惜《なごりお》しいけど僕はそろそろ落ちるよ。ティータイムなんでね」

「は？」

彼が突然そんなことを言い出《だ》した。茶なんかどうでもいいじゃんよ。それより、まだハッキリと断りの意志を伝えてない（というか奴が聞いてない）んだからこのまま行かせるわけにはいかないだろが。

「ちょっと待って」

「寂《さび》しいのかい？」

「ちげーよ！」

「ははっ大丈夫《だいじょうぶ》、君の気持ちは承知しているよ。また近いうちに連絡《れんらく》する。その時にまた」

「え、ちょっ⁉　おいっ！」

連絡なんてくれなくていいから、またとか会いたくないから、待てやゴルァッ‼

すでに表と裏とで言葉《ことば》遣《づか》いに大差がなくなっていた。

ユーグを包《つつ》む緑光。ログアウトのエフェクト光を呆然《ぼうぜん》と見詰《みつ》め、彼の姿がその場から完全に消えると、

「あーっ、くそ！」

と、俺は頭を抱《かか》えてその場にうずくまった。

ほんとマイペースな奴だなあ……。

なんだかすげーイライラしてきたそんな時、視界の端に光の明滅《めいめつ》が入ってきた。

それは耳につけている装備品【ギルドピアス】の光。遠く離《はな》れた場所にいてもギルドメンバー内で会話できる特殊《とくしゅ》アイテムだ。間もなくして脳内に声が響く。

《リエル、今どこにいるんだ？》

ギクッ
愛想《あいそ》の無いその声に俺の心臓は縮み上がった。
この声はギルドメンバーの一人、【雫《しずく》】だ。冷めた態度と小理屈の多さが特徴《とくちょう》。そんな彼女《かのじょ》の前では何でも見透《みす》かされているような気分になる。他のギルドメンバーも彼女に負《ま》けず劣《おと》らずアクの強い人達《たち》ばかりだが、雫はその中でもちょっと飛《と》び抜《ぬ》けている感じだ。
彼女は俺がゼクスを始めた頃《ころ》からの知り合いで、その頃からずっと一緒《いっしょ》にいる。
《ログインしてるなら一言〝私にだけ〟声をかけるのが礼節ってものだろ？　ねえ聞いてる？》
「え？　ああ、ハイハイ」
《もしかして私、避《さ》けられてる？》
「そんなことないよ！　挨拶《あいさつ》を忘れてたのにはもちろんこっちに非がある。でも……」
《でも？》
「〝私にだけ〟っていうのは引《ひ》っ掛かるなー」
《当然のことじゃないのか？》
「いやいや、そんなふうにまったく疑問を持たないのもどうかと思うよ？　挨拶ってみんなにするもんでしょ。そもそもなんでそこにこだわるの？」

《それはあれだ、リエルたんがログインしたら真っ先に「ちゅっちゅっ」しに行きたいからに決まってるじゃないか》
「ぶぼっ⁉　ちゅっ、ちゅう⁉」
《何をそんなに動揺《どうよう》してるんだ？》
「い、いや、そりゃそうでしょ！」
《おかしなやつだ。可愛《かわい》いものを愛《め》でるのは当たり前の行為だと思うが？》
「可愛いとか言ってもらえるのは嬉しいけど、ちゅ、ちゅうとかは、ほんとやめてね？」
《ふんっ》
雫はなぜか不機嫌《ふきげん》そうに鼻を鳴らした。
それはともかく、さっきの言い訳だけはしておこうと考える。余計な詮索《せんさく》をされちゃ困るからな。
「で、その挨拶が遅《おく》れた件だけど、狩《か》り中だったんだよね。ごめん」
《狩り？　リエルのような腕力《わんりよく》数値が底辺の聖職者《クレリック》が、ソロで狩れる場所なんてこのゼクスにあったかな？》
「失礼な。さがせば結構あるんだよ？」
《そうだな、訂正《ていせい》する。さ、が、せ、ばあるな。フレンドリストが常に空欄《くうらん》の人間は苦労が絶え

ないということか》
「なっ⁉　それは聞き捨てならないな。ちゃんとギルドにも入ってるでしょが」
《ギルドだけ、の間違いだろ？》
「ぐふっ……すみませんでした」
《〝お友達でいてあげている〟って人がいるだけで、身《み》の程《ほど》をちゃんとわきまえないといけないな》
「ぐぬぬ……でもそれは雫も……」
《で、さっきから聞いてるけど、どこにいるんだ？》
誤魔化《ごまか》された⁉
「え⁉　い、いまは、プラキス平原の辺り……かな？」
《プラキス？》
俺は咄嗟《とっさ》に嘘《うそ》を吐いた。それもユーグと一緒にいた痕跡《こんせき》を隠《かく》す為《ため》。
ちなみにプラキスは王都を出て最初に目にすることになる平原。いわゆる低レベルモンスターしかいない初心者の為の狩り場《ば》だ。
「そ、そうそう。今、そこで鬼羊《おにひつじ》を狩ってるとこで……ほ、ほら、ここの羊って弱いわりに高価な羊毛をドロップするじゃない？」

《羊毛ねえ》
なんだか納得《なっとく》いっていない様子。
「う、うん。裁縫《さいほう》スキルを上げてる人には結構需要《じゅよう》があるんだよ？」
《でも、おかしいな》
「なにが？」
《フローレ王国の王都内に、いつからモンスターが配置されるようになったのだ？》
「ん……？」
《私には貧乏《びんぼう》装備の聖職者《クレリック》が、ただ港前広場でぼけーっと佇んでいるようにしか見えないのだけれど？》
なぬっ⁉
俺は慌《あわ》てて周囲を見回した。するとすぐに港前広場へと降りる階段の上でこちらを見据《みす》えている少女の姿を見つけた。
背中までの長い黒髪《くろかみ》。頭には小さなベレー帽《ぼう》。上は厚手のふわふわジップアップジャケットに、ミトンのような柔《やわ》らかグローブ。下は短めのプリーツスカートでそれぞれの服の縁取《ふちど》りに可愛らしい刺繍《ししゅう》が施《ほどこ》されている。足下《あしもと》はハイカットのレザーブーツで、腰《こし》に斜《なな》めに巻きつけられたベルトには獣使い《ビーストテイマー》固有の装備である短笛を収めるポーチがついていた。

この装備の組み合わせには見覚えがある。雫で間違いない。

彼女は階段を下りきると、こちらに向かって歩いてくる。次第《しだい》にはっきりとしてくるその容姿は端整《たんせい》に整っていた。

目鼻立ちから髪型《かみがた》、体型、身長、肌《はだ》など体の各部位、そしてそれぞれの色味までキャラクターメイキング時にパラメーターで細かに設定できるので、全く同じキャラクターというのはこの世界には存在しないのだが、彼女はその配分が絶妙《ぜつみょう》だった。

程良《ほどよ》い小顔と、すらっとした細身の体。短めのスカートからは長くて白い美脚《びきゃく》が伸《の》びている。よくぞこの数値で決定してくれましたと言いたい！　個人的にはこの脚《あし》にニーソを履《は》かせたい。彼女の肌色には白が似合うが、ここはやはり黒だろう。

「私の脚に何か？」

通常会話に切り替《か》えられた声がすぐ傍《そば》で響《ひび》いて驚いた。脚にばっか目が行ってたせいで気付くのが遅れたのだ。

「おわっ!?　な、なんのこと？」

「さっきからずっと見てただろ？」

「い、いや、別に何も??」

「そんな扇情的《せんじょうてき》な目で見られても、私に百合《ゆり》の趣味《しゅみ》を許容する余地は……結構あるぞ？」

「あ、あるのっ⁉　って、そうじゃなくて！　雫のその装備だったらニーソックス履いたら似合うかなあ……なんて思ってただけで……」

「なんだ絶対領域に興味があるのか。頭に入れておこう。それはともかくとして、さあ、今は思い切ってこの胸の中に飛び込んできたらいい」

雫は両手を横に広げて待ち受ける体勢を取っていた。

「え⁉　いやそれはっ」

「なんだ？　遠慮《えんりょ》しなくてもいいんだぞ？　ほら」

「いや、いいって！　ほんと！」

「ふんっ、意気地《いくじ》の無い奴だな。なんだかんだと言ってもこの世界は所詮《しょせん》ヴァーチャルなものでしかないのだぞ」

俺は困って彼女の足下に意識を移した。そこには誤魔化す為のうってつけのものがいる。

「いやーほんと、すあまちゃんはいつ見てもかわいいねえ」

雫の足下に白くてふわふわした毛玉みたいな生き物がいる。こいつは彼女が使役《しえき》しているモンスターで名は【すあま】。手足が毛に隠れていて確認《かくにん》できず一見するとマリモみたいだが、小さくて丸い尻尾《しっぽ》らしきものもあり、顔も犬っぽい。何かの幼体らしいのだが公式ガイドブックにも詳しく載《の》ってないので不明な点が多い。

俺は足下に屈《かが》んで、すあまの頭をなでる。すると彼（彼女？）は、

「ふきゅるるる」

と嬉しそうに鳴いてみせてくれた。良くできたＡＩだこと。

そんな時、誤魔化されたことに気付いていた雫は腕《うで》を組み、仏頂面《ぶっちょうづら》でいた。

「それで、なんで嘘をついたのだ？」

不意にそう投げかけられた。冷めた瞳《ひとみ》が俺を睨《にら》んでいる。

「なんのこと？」

「プラキス平原で狩りをしていると嘘をついたことだ。まさか忘れたわけではないだろ？ギルドメンバーはリストで現在いるエリアを知ることができるのを」

「そうだった……」

初歩的なミスを犯《おか》してしまった。これは言い訳できない。

「なにをコソコソやってるんだ？　実にあやしいなー」

ジト目が向けられ、その顔には不審《ふしん》さがありありと表れていた。とりあえずこの様子からは、ユーグと二人きりでいたのは見られていなかったようだが……

あれ？　待てよ？　雫は最初「今どこにいるの？」って聞いたよな。リスト見て知ってたくせに、どうゆうことだ？

「それはそうと、雫こそなんで嘘つくの？」

「えっ？」

　質問を質問で返すと彼女はきょとんとした顔を見せた。

「居場所を知ってたくせに、どこにいるの？　って聞いたでしょ」

「そっ……それはあれだ。慣例みたいなものだ。ログインしたらまずどこにいるのか聞くだろ普通」

「リストでチェックしてたのに？」

「リストではエリア内のどこにいるかまでの詳細《しょうさい》は分からないだろ」

「それはそうだけど……まさか、ずっとそこにいて見張ってたとか、そんなことはないよね？」

「なっ、何を言ってるんだ？　そんなことはないだろ。ははは」

　雫は真顔でそう言って退けるが、なんか胡散臭《うさんくさ》い。

「ともかく、行くぞ」

　彼女は会話を切るように俺の手を掴《つか》んで引っ張った。

「ちょっ、どこへ？」

「愚問《ぐもん》だな。ギルドハウスに決まってるだろ。みんなもう集まってる。リーダーである私がその責任をまっとうすべく、わざわざ呼びに来たんじゃないか」

「な、なるほど……」

いつものように普通にジャンケンで負けたっぽいが。

「ほら、早く」

手を引かれるがまま俺はギルドハウスがある居住区に向かった。

それにしても……この繋《つな》がれている手には感動すら覚える。現実では女子と手を繋ぐなんてあり得ないんだから。

神経伝導なんちゃらの働きで擬似感触的《ぎじかんしょくてき》なものもかなりうまく再現できている。ほんと近頃《ちかごろ》のゲーム機ってすごいね。それだけは言える。うん。声色《こわいろ》まで自在に変えられるんだからネカマもばっちりだしね。

前を行く雫は俺の手を引きながら、たまにこちらを気にするようにチラチラと見てくる。

俺が「どうしたの？」と聞くと、彼女は「なんでもない」と言って、再び前を向いてしまうのだった。

×　　×　　×

俺達《おれたち》二人は石造りの小さな家の前に到着《とうちゃく》していた。いわずもがなこれが我《わ》がギルドの所有する家、ギルドハウスだ。

プレイヤー二人以上でギルドを結成すると、こうして専用の家が持てるようになる。好みの家具を置いたり、アイテム倉庫代わりにしたり、メンバーでだべったりする、そういった場所として活用されている。

まあ、あんまり狩りにもクエストにも出かけない俺達のギルドは、ほとんどの時間をここで過ごすことが日常になってるんだけどね。

「ばんわー」

いつものように何気なく入室すると、三人のメンバーが中で待っていた。部屋の真ん中に大きな木の机があって、キラキラとした美少女達がそれを囲んで座《すわ》っている。

雫が適当に手前の椅子《いす》に座り、俺もその近くに腰掛《こしか》けようとした時だった。

「リエルリエルリエルリエルリエルリエル～待ってたにゃ～」

「のわっ!?」

俺はいきなりのし掛《か》かってくる体を咄嗟に抱《だ》き止《と》めた。

腕の中にあったのは鮮《あざ》やかなショートボブの銀髪《ぎんぱつ》と、その上でぴこぴこと動く猫《ねこ》耳。

「今日はいつもより遅《おそ》いから心配したにゃん」

一旦離《いったんはな》れて無邪気《むじゃき》な笑顔《えがお》を向けてきたのは【リコッタ】。猫型獣人族の女の子だ。俺のことを見詰めながら、ふわふわの尻尾を嬉しそうに振っている。

彼女の職業《ジョブ》は錬金術士《アルケミスト》。学者然としたロングコートと腰の辺りにぶら下がってる試験管のような薬瓶《びん》や術書が収まってるケースがその象徴《しょうちょう》。コート下に履いている短めのティアードスカートなどは錬金術士《アルケミスト》っぽさが無く、彼女の可愛らしさを引き立てている。

あ、そうそう、猫キャラで語尾《ごび》に「にゃ」とか「にゅ」とか「にょ」とかつけちゃう中の人は大抵《たいてい》、男なんだよね。でも彼女はリアル女子を公言している。嘘を吐《つ》いてなければの話だけど。

「……ううう」

俺がリコッタに遅くなったことを謝《あやま》っていると、背中の方で呻《うめ》くような声を聞いた。

そっちの方に振り向《む》くと、まるで飼い主の帰りを待っていた忠犬みたいな瞳でたたずんでいる別の女の子がいた。

彼女の名前は【ましゅまろ】。みんなは短く【ましゅー】って呼んでいる。ましゅーはその名の通り、なんだかほわーんとした感じの子。セミロングのゆるふわウェーブがさらにそのほんわかさを助勢している。着ている装備は黒を基調にしたワンピースに、フリルがやたらとたくさんついたエプロンみたいなものを重ね着している。いわゆるメイド服みたいなスタイル。それは彼女の性格にとても合っているのだが、そんな見た目の淑《しと》やかさに相反して職業《ジョブ》は暗殺者《アサシン》なんていう物騒《ぶっそう》な職に就《つ》いている。

なんでその職を選んだの？　って聞いたことがあるんだけど、

「〝あさしん〟って音の響きがかわいかったのですー」

と訳の分からん理由を聞いたのを覚えている。彼女の感覚は今でも良く分からない。

そんな理由で選んだもんだから、当初なかなか趣向《しゅこう》に合った装備が見つからず困ったりもしていた。今は職業《ジョブ》に左右されない、できるだけ可愛いやつを見繕《みつくろ》って着ているのだとか。それでも武器は選べないようで、見た目の穏《おだ》やかさと正反対な禍々《まがまが》しい小刀を背腰に差していたり、スカートの中にはおぞましい暗器を装備していたりする。そんな彼女だが……リアルでは主婦らしいとのこと。

「長かった。長かったのですー」

俺にすがりつくようにしながら、ましゅーは潤《うる》んだ瞳で見上げてくる。

「……な、なにが？」

「だって、一日ぶりですよ？　昨晩リエルちゃんがログアウトしてから今日のこの時間まで丸一日、待ち遠しくて、待ち遠しくて、身が引き裂《さ》かれる思いでしたー。うるうる」

「そんな大袈裟《おおげさ》な……」

「そんなことないです。わたし、リエルちゃんとお話ししている時だけが心安らぐ時間なのです。その為ならばと待ち時間に釣《つ》りスキルを上げていたのですが、危《あや》うく寝落《ねお》ちしてしまうところでしたー。えへへ」

「えへへて、まさか昨日からログインしっぱなしなの⁉」

「そーですよ？」

「そーですよ、って平気な顔で言われても……」

「だ、駄目《だめ》なんですか……？」

「えっ……」

どういうわけか彼女の真ん丸な瞳からは涙《なみだ》が決壊《けっかい》寸前。

「わたしは間違《まちが》ったことをしてしまったのですか？　迷惑《めいわく》でしたか？」

「い、いや……そ、そんなことは……」

「はっ⁉　もしや、わたしは一日中リエルちゃんを張っているストーカーさんに成り下がってしまったのですね？」

「自覚はあるみたいだね」

「……ああっ」

立ちくらみを起こしたように床《ゆか》に伏《ふ》した彼女は、おもむろにギルドハウス内のアイテムボックスから一つの小瓶《こびん》を取り出した。透明《とうめい》容器内で揺《ゆ》れるその毒々しい緑色はポイズンドリンク。モンスターに使えば継続《けいぞく》ダメージを与《あた》えられる代物《しろもの》だが……プレイヤーにも同様の効果がある。

「それで何をする気？」

「ここは死んでお詫《わ》びをするのです！」

「やめいっ！」

俺《おれ》は口元に持って行かれたそいつを奪《うば》い取《と》った。

「ならここで自決を！」

ならばと小刀を抜いて自らの喉元《のどもと》に突《つ》きつける。

「いや、そんなことしてもシステム的に死ねないから！」

「じゃメガ○テ!!」

挙げ句、半泣きで俺にしがみついてきた。

「こっちまで殺す気か！」

ちなみにゼクスにはメ○ンテなんて魔法《まほう》もそれに似た魔法も無いからね。

「もう、ログインしっぱなしでもいいから。気にしてないから。むしろ待っててくれてありがとう」

そう言ってやるとましゅーは俺の胸元《むなもと》に顔を擦《す》りつけて涙を拭《ぬぐ》った後、えへへと笑って見せた。その姿が――可愛いなあ、こんちくしょー！

そんな時、俺と彼女との目線の間に小さな小瓶が差し出された。中身の色は先程《さきほど》のポイズンドリンクと違って青みがかった紫色《むらさきいろ》。

「これなら即死《そくし》だにゃ」

と、リコッタがポイズンドリンクの上位版アイテムであるデスドリンクを勧《すす》めてきたのだ。彼女の職業《ジョブ》ならその手のアイテム生成はお手の物だしね。

小瓶はましゅーの眼前でほれほれと振《ふ》られる。

「い、いらないです！」

「むぅ、せっかく今出来たてのホカホカの飲《の》み頃《ごろ》にゃのにぃー」

「もう死ななくていいんだもん！　リエルちゃんがいいって言ってくれたんだもん！」

俺の胸元で「ぷんぷんっ」と膨《ふく》れっ面《つら》を返すましゅー。リコッタも負けじと「ぷふぅー」と頬《ほお》を膨らませて怒《いか》りを表現。一見すると互角《ごかく》のように見えた睨み合《あ》いだったが、ましゅーの方が先に根負けしたらしく、ふぅーっと肩《かた》の力を抜いた。そんな時、

「ちょっと、あんた達、いい加減にしなさいよねっ」

と、あからさまに不機嫌そうな声が近くで上がった。

エルフ族の特徴である尖《とが》った耳。艶《つや》のある長めの金髪《きんぱつ》は左サイドを筒《つつ》の髪飾《かみかざ》りで束ねている。そんな彼女の名前は【白《しろ》うさ姫《ひめ》】。みんなからは【姫《ひめ》】と呼ばれている。

ビスチェのようなヘソ出しインナーに、裾《すそ》の短い袖《そで》つきベスト。下はマイクロミニで、足には編み上げミュールみたいな靴《くつ》を履いている。そのどれもが白を基本とした色合いで、縁取りに金の刺繍がされていて高貴なエルフ姫の印象を受ける。

そもそも自分で姫とか言っちゃうのはどうかとも思うわけで……。

職業《ジョブ》は気品ある種族とギャップがありすぎる盗賊《シーフ》……なんだけど、なんでそんな職を選んだんだろうね？

それでその姫がましゅーとリコッタの間に分け入ってきて強い口調で言う。

「二人ともあんまりリエルにべたべたしないでくれる？」

「どういうことなのです？」

「なんで姫がそんなこと言うにゃ？」

ましゅーとリコッタが続けて聞いた。

「それはその……リ、リエルが困ってるからでしょ！」

「そうなのですか？　リエルちゃん……」

「いや……別に」

ましゅーにうるうるしながら聞かれたが、特に困ってないので素直《すなお》に答えた。

「ほら、そんなことないって言ってるにゃ」

「と、とにかく、ダメなものはダメなのっ！」

姫は顔を赤らめながら口を尖らせる。熟れたトマトみたいなその色は次第に伝播《でんぱ》して、金髪から飛び出た耳先までも染めてゆく。

「そんなになるなら、口にしなければいいのに」

今まで黙《もく》していた雫がそこでぼそりと呟《つぶや》いた。それにムッとした姫は雫に詰《つ》め寄《よ》る。

「な、なあに？　何を言おうがあたしの勝手でしょ！　あんたにとやかく言われたくない」

「うるさいな、あまり耳元で喚《わめ》くな。それに前々から気になってたんだけど、白うさ姫だなんてどんなお姫様《ひめさま》気取りだ？　そもそも自分でウサギとか言っちゃってるところが「私って、寂《さび》しいと死んじゃうの」って暗にアピールしてるようで痛い」

「あたしのキャラネームは今関係無いでしょ！　あんたこそ雫なんて中二病臭《くさ》い名前つけちゃって、斜《しゃ》に構えてかっこつけてるつもり？　いるのよね、自分の名前を『刹那《せつな》』とか『闇を司る剣士《ナイトオブダーク》』とかつけちゃう痛い人。だからいつまで経《た》ってもフレンドリストが空欄なのよ」

「フレンドの数は関係ないだろ。うさっころ」

「認めちゃったの？」

俺はそこで我慢《がまん》できなくなって割り込んでしまった。

「えっと……それはお互《たが》い様《さま》かなあ……と」

「「うるさい！」」

二人にどやされたが、それは事実だ。

このゼクスヴェルトではプレイ中に仲良くなった者同士でフレンドリストに登録できる。

その中でも常にパーティを組むような親しい関係のプレイヤーはギルドリーダーを立ててギルドを作り、いつも一緒に行動していたりする。

なのでリストの人数比率がフレンド＞ギルドになるのが普通《ふつう》。

でも俺達の場合はフレンド＝ギルドという異常な状態。

雫も姫も口ではなんやかんやと言うけれど、俺も含《ふく》めてメンバー全員が、いわゆる一つのコミュニケーション不全な人間の集まりだったというわけ。

ピロリ〜ン
そこで唐突《とうとつ》に間の抜《ぬ》けた電子音が耳に響いた。

俺は反射的に体前で手の平を横にスライドさせる。それで半透明《はんとうめい》のステータスウインドウが宙に現れた。これ一つで装備・アイテムの管理からトレード、オプションまでなんでもできる便利なものだ。その端《はし》でメール着信のアイコンが点滅《てんめつ》している。差出人はあのユーグになっていた。

一体、何の用だってんだ？

不安に思っていると、どうやらそのメールは俺だけでなく他のメンバーの所にも届いているらしく、

「あ、騎士様からだにゃ」

「わたしも騎士様からですー」

「こっちも騎士様からきてるわ」

「騎士様が何のようだ」

そんなふうに、まるで連鎖《れんさ》したかのような広がりを見せる。

少々迷惑気味な俺とは違《ちが》い、みんなの表情は彼《かれ》からのメールでどことなく嬉《うれ》しそうに見える。

あーなんかむかつくぞ？

しかも俺に告白しておいて、他のメンバーにアプローチをかけるとはどういうこった？

メールの内容がどんなものかは知らないが、もうちょっと気遣《きづか》いってものを……

って、あれ？　俺、まさか嫉妬《しっと》してる？　自分でそう思っちゃったところで激しく後悔《こうかい》。

とりあえず読んでみるか。ツッコミながら。

×　×　×

［件　名］親愛なるマイハニーへ
［差出人］ユーグ
［宛　先］リエル

《ハーイ、僕《ぼく》の子猫《こねこ》ちゃん達《たち》、今日も元気にしてるかい？

リアルの僕は今、南の島で新しいビジネスの真っ最中さ》

お前、一体何者なんだよ。


《これが一段落したら日本へ戻《もど》るつもりだけど、僕も人間、疲《つか》れた翼《つばさ》を癒《いや》したい時もある。

そんな時に真っ先に思《おも》い浮《う》かぶのが、マイスイートハニー達の姿さ。

ああ、草原に花咲《はなさ》くディオネアのような君達に会いたい》

どんな流れだよ。しかもディオネアって食虫植物じゃないか？

《で、僕のギルドも結成されて早三ケ月《かげつ》》

いつ、お前のものになった！

《そろそろ、みなぎってきたよね？》

何がだよ。

《だからここに決定するよ。
きたる○月×日△曜日、ＰＭ二時。
池袋《いけぶくろ》駅東口『カイゼリア』にて、我がギルド、第一回オフ会を開催《かいさい》します。
みんな絶対、参加だからね！
じゃ、楽しみにしてるよ。アデュー！》

×　×　×

あー……なんというか、もう痛キモイを通《とお》り越《こ》して逆に心配になってくるレベルだよ、こりゃ。んで、なになに……池袋駅東口『カイゼリア』で――

# オフ会だとぉおおおおおっ!?

まずいまずいまずいまずいまずいまずいまずいまずいまずいまずいまずいまずいまずい!!

何考えてんだ、あいつは。

周りをうかがえば、どうやら他のみんなにも同様のメールが届いているらしく、端々《はしばし》で〝オフ会〟って言葉が上がり始めている。

俺は何かの間違いであって欲《ほ》しいと願いつつ、もう一度文面に目を落とした。するとそこに〝リエルへ〟と書かれた追記があることに気付いた。

《僕達《ぼくたち》の結婚式《けっこんしき》の事、オフ会でみんなに発表しようね。みんなの反応が楽しみだなぁ》

背筋に冷たいものが流れたような感覚があった。

うぉい！　そんなことされたら完全にこのギルド終わりじゃねえか！　オフ会に出ないって選択《せんたく》もあるけど、あいつのことだから俺がいなくてもみんなに式の事発表しちゃうんだろうし（というか、結婚了承《けっこんりょうしょう》した覚えはないんだが！）。

奴《やつ》を止める為《ため》にあえて出席したとしてもだ。あいつは俺が男だと知って諦《あきら》めてくれるだろうが、他のメンバーはそうはいかない。みんなに俺がネカマだってことがバレたら、もう今までのような関係ではいられなくなってしまうからだ。

それに俺はポリゴンで形作られた二次元の彼女達《かのじょたち》を愛《め》でていたいだけなんだ。ちょっとばかりクセのある子達だけど、これはこれでとても居心地《いごこち》が良い。三次元《リアル》という砂漠《さばく》の中にオアシスなんて存在しないことを知り、二次元《ヴァーチャル》の世界にやってきたことでやっと見つけたささやかな水場。それさえも俺から奪うというのか！

でもまあ……こんなキモい誘《さそ》い文句じゃ誰《だれ》も食い付かないだろ。うん、そうだ、そうだよ。さすがにあの文面はヤバイし。

そんなふうに自分の中で片付けようとしていた時だった。

「わたしもみんなと会いたいなーって、前から思ってたのですー」

ちょっ、ましゅー!?　なに言ってんの!?

「そうね、騎士様が決定って言ってるんだから仕方ないわよね」

「絶対参加らしいから、行かなきゃいけないにゃ」

姫もリコッタもどうかしてるぞ⁉　あんなキモメールでよく行く気になれるな。

まさか……ここで雫まで賛成だなんて言い出すんじゃないだろうな？

「もちろんリエルも参加だな？」

気付いた時には眼前に雫の顔があった。

「え？　あ、あの、それは……」

「なるほど。みんな、リエルも参加するそうだ」

「ちょっ⁉」

俺の言葉をねじ伏せるように雫は高らかに言い放った。

「わーわー、うれしいのですー」

「当然よね。参加しないなんて有り得ないし」

「リエルに会えるの楽しみにゃー」

おい、ちょっとお前ら！　と言おうとしたら、雫が俺の肩に手を載《の》せてきた。

「楽しみにしてるぞ」

彼女《かのじょ》は心底楽しそうに微笑《ほほえ》んだ。そして勝手に締《し》められた。

うはｗｗｗ　おｋｗｗｗｗｗｗ

なしくずしに参加せざるをえない状況《じようきよう》になってしまったリエル（俺）。
どうしてこうなった！

# #02【オフ会がハーレムでヤバイ】

◇　オフライン　◇

私立浦河《うらが》学園。今はまだ朝のホームルーム前。ちらほらと教室に生徒が集まり始めてきている時分だ。俺は教室の一番後ろの席で机に突っ伏《ぷ》していた。

その理由の第一は眠気《ねむけ》。毎晩、遅くまでゼクスヴェルトの世界に浸《ひた》っているんだから当然だ。もう一つは、言わずもがな昨夜の出来事。

「はぁ……」

週末のことを考えると溜息《ためいき》しか出てこない。どうしたもんだろう……と出口の無い迷宮《めいきゅう》に再び入り始めた時、俺の脳天から声がした。

「ハロハロー。慧太《けいた》氏、おはようであります！　って某《ぼう》ロボットアニメのマスコットロボのことじゃないですよ？　ってか今時そんなベタネタ？　今さら？　そもそもネタなのかって話。ははっ、どーなんだろこれ、がはははは」

朝っぱらから豪快《ごうかい》にはっ倒《たお》したくなるこの喋《しゃべ》り方《かた》。見上げれば長めの髪《かみ》を後ろで束ね、黒縁《くろぶち》の眼鏡をかけた男が敬礼のポーズで立っていた。

彼の名前は鴨河京也《かもがわきようや》。典型的なオタだ。

それが証拠《しようこ》に、「声が無駄《むだ》にデカい」「喋り方がくどい」「同級生なのに敬語」「常に指抜き革グローブをはめている」という重要要素を全《すべ》て兼《か》ね備《そな》えていた。

「さっそく戦利品をお見せいたしましょう」

唐突に、そして頼《たの》んでもいないのに京也は俺の前の席に座り、リュックをゴソゴソと探《さぐ》り出《だ》す。中から現れたのは薄《うす》っぺらい本。その表紙にはフリフリの衣装を身につけた、ちっちゃな女の子の絵があった。

「これはもしや……」

俺は期待に喉《のど》を鳴らした。

「ふふ……そのもしや！　原作者である赤木《あかぎ》さくら先生が自らお描《か》きになった【魔闘少女まみか☆マジョリカ】の同人誌っす！」

「おおっ！」

「昨日行ったオンリーイベントで手に入れてきたっすよ。まさかあんなマイナーイベントに赤木先生が参加しているとは思いもよりませんでしたー。調子ぶっこいてチェック不足でしたよー。ま、御陰《おかげ》で余裕《よゆう》で買えたんですがね。それはともかくイベント自体はなかなか良質でしたよ。あれは主催者側《しゅさいしゃ》にヤリ手がいますね。ピキーン」

ピキーンとか擬音《ぎおん》を口で言っちゃうとことか、イラッとくるがもう慣れた。

そんな訳で学校で俺と京也は良くつるんでいる。そもそもの切《き》っ掛けは彼がゼクスをやってるってところで共通の話題があったことだった。それからは体内から発せられるオタ波長の共鳴か、互いに何とはなしにそっち方面の話で盛り上がることが多くなっていた。

「あとで見せてくれ」

「いいですよ。他にもまだまだありますからね、昼休みにでも……ピキーン！」

京也が何かに気づいていつもの擬音を発した。と同時に俺の背筋に怖気《おぞけ》が走る。

この感じ……そして香《かお》り……これはもしや……

ニュータイプ並の感覚が嫌《いや》な予感を察知して、俺は即座《そくざ》に振り返《かえ》った。

「おわっ⁉」

仰《の》け反《ぞ》りながら大きく飛《と》び退《の》く俺。そこには一人の女子生徒が立っていた。しかもえらい近くに。

手入れの行き届いた巻《ま》き髪《がみ》とナチュラルメイク。そんなに飾《かざ》り立《た》てなくても素材はだいぶ美人さんのようだが「それ履《は》いてる意味あんの？」とも思える短いスカートと、そこから伸《の》びている剥《む》き出しの太ももは、俺らとは違う世界の住人だってことを感じさせる。

彼女の名前は工藤美咲《くどうみさき》。クラスメイトの名前はうろ覚えなんだけど、彼女のことはある事件が切っ掛けで良く覚えている。その時の事はあんま話したくないことなんで今は勘弁《かんべん》。んで、どうやら彼女は同人誌を背後から覗《のぞ》き見《み》してたっぽい。でも今はそんな事どうでもよかった。これまで過ごしてきた環境《かんきょう》が原因で三次元《リアル》女子に対して耐性《たいせい》の無い俺は、緊張《きんちょう》で今にも心臓が破裂《はれつ》してしまいそうな状況なんだから。

にしても、なにかと不用意に近づいてくる彼女にはほとほと困っている。しかも結構頻繁《ひんぱん》に。どういう了見《りょうけん》なんだろうか？　ただ俺と違って異性に対して免疫《めんえき》がありすぎるってことは分かるけど。

俺が言葉に詰まっていると、彼女は「ふぅーん」と関心無さげに呟いた後、赤らめた顔を俺に向けてくる。

「なっ、なんだよ……」

「ううん、べつに。どんなの読んでるのかなあーと思って」

俺が反応に困っていたそんな時、教室の前の方から彼女を呼ぶ声が聞こえてくる。

「おーい、みさみさーなにしてんのー？」

それは明らかにビッチ臭溢《しゅうあふ》れる女子集団だった。

「あっ、ごめん、今行く」

そこで美咲さんは慌《あわ》てたように彼女らのもとへと走って行ってしまった。そして合流した集団の中からはこんな声が漏《も》れ聞こえてきた。

「みさみさーキモ鷺《さぎ》となーに話してたの？」

「え？　いや、ちょっと本を見させてもらってて……」

「えーそれってーどうせロリコンくさい本っしょ？」

うっさい、ほっとけ！　お前らにまみかちゃんの良さが分かってたまるか！

これだから三次元《リアル》の女は困る。やはり女子は二次元《ヴァーチャル》に限るな。うん。

そんな中、京也はさっさと同人誌をしまい込み俺の方に向き直っていた。結構マイペースな奴である。

「それはそうと慧太氏、今日はうかない感じですな。昨日もゼクスで徹夜《てつや》ですかな？」

「ああ……まあそうなんだけど。ちょっとね」

レベルは低いがプレイ時間だけは廃人《はいじん》級の俺。どれほどはまってるかは彼も知っている。

「何かトラブルでもありましたか？」

「それがさ……」

俺は週末に開かれるオフ会のことを京也に話した。彼は俺がネカマをやってることや、女の子ギルドに入ってるという事情についても良く知っている。事を伝えた途端《とたん》、

「慧太氏、あなたと言う人は！」

急に胸《むな》ぐらを掴《つか》み上《あ》げられた。

「ぐおっ⁉　お前意外と力あるな……ってか、ぐっ、ぐるじい……はなせ！　はなして！　はなしてくだちぃ‼」

「これが抑《おさ》えられるとお思いか！　それはリアル女子と休日にイチャラブってことじゃないですか！　しかも複数だと⁉　なんとうらやましい！　この裏切り者め‼」

「フッ……少し語弊《ごへい》があるがそうなるな」

ほくそ笑《え》む、などという心にも無い行動をみせたことが京也の更《さら》なる怒りをかった。

「てめ、この、リア充死ね！」

「ちょっ、いつもと口調が違うよ京也さん！　そもそも俺達《おれたち》にはリアル女子なんて……っっ⁉」

首根っこがさらにキュッと絞まる。

「ぐぼっ、ず、ずみません！　ちょ、ちょっといきがりました！」

「分かればいい」

俺は冷たい床の上に解放された。ああ、こりゃひんやりしていいね。

「……でも、俺的に今回のオフ会は気がすすまんのよ」

ゼェハァしながらそんなことを言い出した俺に、京也は怪訝《けげん》な表情を見せたが、すぐにニヤリと笑んだ。

「ははん、ネカマバレを危惧《きぐ》してるんですね？」

「ああ、まあ……」

他に〝あの体質〟のことも理由のうちにあるのだが……。

「相手の立場になって考えてみればそうかもですね。今まで女友達だと思っていたのに、会ってみればただのキモ男だったってことになれば、次の日からギルドにいづらくなりますからねぇ。ぐふふ」

「お前ちょっと喜んでるだろ？」

あとお前にキモ男とか言われたくない。俺はこれでも黙《だま》っていれば、コミュ力抜群《ばつぐん》のリア充野郎《やろう》に見えるくらい素材は良いと自負している——つもり。いや……普通、普通だと思うよ？　でもそれ以外は京也の言う通りだった。ずっと騙《だま》していた相手を目の前にして、たとえ数時間であれ、そこに居続けるなんて拷問《ごうもん》以外のなにものでもない。

「しかしまあ、辞《や》められるいい機会なんじゃないですか？　ＭＭＯははまり過ぎると身を滅《ほろ》ぼすっていうじゃないですか。僕も最近ログインしてないですよ」

「辞める気はこれっぽっちも無いんだがな」

あとはオフ会自体をすっぽかすしか方法は無いんだが、それはそれでユーグが彼女達に何を言い出すか分からないという問題を孕《はら》んでいた。どちらにせよ何をしても結果は同じだった。

「そうですか、そうですか」

「聞いてないだろ？　お前」

静かに頷《うなず》く京也の表情は、まるで先兵を戦地へと送り出す大隊長の顔に似ていた。そして彼はおもむろに自分のリュックから丸まった白い布のようなものを取り出す。

「そんな慧太氏に餞別《せんべつ》をば。貴重な品だが、いたしかたない。これでパワーを蓄《たくわ》えて、華々《はなばな》しく散ってきてくだされ」

「散るのか俺は？　散るよな……当然。うん……そうだな……」

彼の手からビニールに包まれたままの布がパラパラっと広がる。それは小学校低学年くらいほどの丈《たけ》で細長いモノ。表地には……

「ぶほっ!?　こ、これは！」

俺の反応を受けて京也の眼鏡がキラリと光る。

「ふふっ、まみかちゃん抱《だ》き枕《まくら》カバーですぞ。昨日の帰り、ぼらの穴に寄ったら見かけてしまったのですよ」

頬を染めた少女が潤《うる》んだ瞳《ひとみ》で俺を見詰《みつ》めていた。しかも衣服の色んな所がはだけちゃってる。って、いいのか！　こんなん売っちゃっていいのか！　世の中ってすごいなー。

「僕の嫁《よめ》を預けるわけですからね、大事にしてくだされよ。変な染《し》みとか汁《しる》とかつけないで下さいね」

「つけるかっ！　で、でも……これはありがたく貰《もら》っておこう……うん」

京也からありがたくそいつを受け取る。

なにはともあれ、そこまではいつもと変わらない日常だった。

×　　×　　×

一日の授業が終わり、特に部活に入っていない俺はいつもどおり早々に帰宅していた。郊外《こうがい》にある戸建ての我《わ》が家《や》は、ひっそりと静まり返っていた。それは特段めずらしい状況でもない。両親は共働き且《か》つ仕事馬鹿《ばか》な類《たぐい》の人間なので、あまり家にいることがない。だからといって俺にとって不都合な点はなにもないし、むしろその方が気楽でいい。飯作りと洗濯《せんたく》、それだけやっとけばなんとなーく生活はできる。

残りの時間はオンラインの世界へ。

でも、今日はログインする気にはなれない。明日のオフ会のことが気になって仕方がないからだ。当然、それだと今までゲームに費やしていた時間が丸々余ることになる。

さて何をしようか？　と考えた時、「たまってるアニメでも見ようか」とか「ああ、積んでるマンガもたくさんあったな」とか、すぐに代替《だいが》え案が浮かぶところが素晴《すば》らしい。

とりあえず、京也から貰った抱き枕に中身でも詰めてみよう。そう思い立って俺は二階の自室にこもった。

「うーん」

ベッドの上でいびつに萎《しぼ》んだまみかちゃんを前に腕《うで》を組んで悩《なや》む。そもそも部屋には嫁一号である【トトカルこのはちゃん】の抱き枕がすでに鎮座《ちんざ》しているのだ。この中身を抜いて移《うつ》し替《か》えるなんていう行為《こうい》はこのはちゃんに対しての冒涜《ぼうとく》。余ってる布団《ふとん》も無いし、とりあえず新しい中身を買ってくるまでの間、まみかちゃんには申し訳ないがいつも使っている自分の枕を入れてみることにした。でも、当然のことだけどそれでは三分の一程度しか膨らまない。

うーん、と再び悩む。だが、すぐにひらめいた。

「そーだ、リビングのクッションを拝借しよう」

ソファーに立てかけてあるだけのクッションが二つほどあった。どうせ親だって帰ってきてすぐ寝《ね》ちまうんだから使ったって問題は無いだろう。俺天才。

早速《さっそく》まみかちゃんに生命を吹《ふ》き込む為、ブツをゲットしに部屋を出た。だが、一階へと続く階段に進み出ようとしたところで、ある事に気付く。

俺の隣《となり》の部屋。その扉《とびら》が僅《わず》かに開いており、中からゴソゴソと物音がするのだ。

言い忘れたが、その部屋は我が妹、鷺宮《さぎみや》理央《りお》の部屋である。しかしそれは名ばかりで、ほとんど使われていないに等しい部屋だ。なんでかって言うと、彼女は中学に入ってからというもの、まったくこの家に居つかなくなったのだ。一年のほとんどを友達の家などを泊《と》まり歩《ある》いて転々としているらしい。

なんというか良く言えば思春期？　分かりやすく言えば不良娘《むすめ》の類《たぐい》だな。

そんな妹の部屋からめずらしく物音がする。おそらく着替《きが》えか何かを取りにきたのだろう。まあこれでも俺は兄だ。たまには兄らしく「そろそろ落ち着いて帰ってきたらどうだ」とか、思ってもみない助言をしてみようかと考える。「うぜー」と言われるのがオチだろうが。何はともあれ一応は家族だ。挨拶《あいさつ》の一つもしといて悪いことはない。

「おい理央、帰ってるのか？」

俺《おれ》は僅かに開いたドアの隙間《すきま》からのぞき込むように言った。すると、すぐ目の前に彼女の顔があって、俺は一瞬《いっしゅんこし》腰を抜かしそうになった。

「おわっ⁉　び、びっくりした！」

「……なにしてんの？」

　理央はこちらを怪《あや》しむように、ほっそーい隙間から顔をのぞかせていた。うかがえるのは円《つぶ》らな瞳と口元くらいだったが、それでも動揺《どうよう》の色が見える。

　もうかれこれ二年近くもまともに顔を合わせたことが無いが、その八重歯《やえば》には幼い頃《ころ》の面影《おもかげ》が確かにあった。

「……何の用？」

「え、いや、久しぶりだから挨拶でもしとこうかと……」

　なぜか応答が無い。代わりに何か言いにくそうにしている。

「か……かっ……」

「か？」

「か、かってにのぞかないで……」

「いや別にのぞいてたわけじゃ……」

　そこで理央の視線は俺の腕に抱きかかえられているものに移る。そこには言わずもがな、それを持ったまま外を歩けば必ず職務質問を受けるであろう品があった。今更《いまさら》ながら俺もそのことに気づいて平静さを失う。

「ええ、えっと……これは、あの……」

言い訳がままならぬうちに、それを見た理央の顔がボンッと爆発《ばくはつ》したように上気する。

それでもって、ドアはビシャンと大きな音を立てて勢い良く閉ざされてしまった。

……えーと、これは……どうしたものか。

×　×　×

現実逃避《とうひ》をする間もなく、なんだかんだでオフ会当日がやってきてしまった。

俺は相当悩んだ挙げ句、予想できる無惨《むざん》な結末の為にわざわざバイト先に休みをもらい、重い足を引きずってここ池袋まできていた。何の因果かギルドメンバーは皆《みな》、池袋に入る鉄道沿線に住んでいるらしい。だからこそ、この場所が指定されたのだろうけど。

しかし俺はこの数日、ただただ破滅《はめつ》を待っていただけではない。一応作戦っぽいものは考えてきた。実はリエルの中の人は妹の理央って事にして、オフ会当日に彼女に急用ができてしまい、そのまま欠席はしのびないので代わりに兄の俺に出席するように頼まれたって事にしたのだ。ユーグが変な事言い出したら目の前で止めに入ることもできるしね。

あまりに無茶《むちゃ》な筋書きだが、これくらいしか思い付かなかったんだから仕方がない。不自然すぎて不審《ふしん》に思われるだろうが、もうどうにでもなれの精神だ。結局考えたって答えは見つからないんだから。

それに……一度くらいはメンバーに会っておきたかったしね。わざわざファミレスを選ぶあんで俺は今、会場となるカイゼリア近くまでやってきた。わざわざファミレスを選ぶあたり、ドリンクバーで長々と居座《いすわ》り続けようという魂胆《こんたん》が見え見えだ。店員さんごめんなさい。

待っていた信号が青に変わり、人の波の合間をぬって進む。

横断歩道を渡《わた》りきり、そろそろ約束の場所が視界に入ってこようかという距離《きょり》。一応、店の中ではなく外で集合ということになっていたので、俺の心臓はバクバクと高鳴り始めた。よく考えたら、いや、よく考えなくてもリアルの女の子と直接外で会って話すなど人生初めてのことだ。これが緊張しないでいられるわけがない。

あー喉渇《のどかわ》いてきた。

でもオンラインでは普通《ふつう》にしゃべれてたんだから、きっと大丈夫《だいじょうぶ》だと言い聞かせる。

ふと店前に目をやる。そこには行き交う人の流れがあった。その中でポツンと一つ、静止し続けている人物があり、自然と視線が捉《とら》えた。ゼクス上で言えば、目標をタゲったところだ。

他にそれらしい人はいないので多分、そうなのだろう。

もし違《ちが》っていたとしても、それが〝目立ち過ぎていた〟ので嫌でも視線が止まった。

なんというか、全身が白いのである。とにかく真っ白。

しかも黒い人波の中で、それがやたらと目立つ。

詳《くわ》しく説明すると、頭の先から足先まで全身をふわふわな生地《きじ》が覆《おお》っているのだ。着ぐるみよりも薄手《うすで》で、どちらかというとそういうタイプのキャラクターパジャマみたいな感じ。頭からかぶったフードには長くて尖《とが》った耳が生えていて、かわいらしいネズミの顔まで施《ほどこ》されている。お尻《しり》からは電気プラグ型の尻尾《しっぽ》まで生えていた。

俺はすぐに思い当たる。携帯《けいたい》ゲーム【パンチングモンスター】、略して【パチモン】に出てくる漏電《ろうでん》ネズミ【ゴロチュウ】だな、あれは。

真夏に片足突っ込んでいるこの季節に、そんな全身モコモコの見るからに暑苦しい格好。

これが目立たないわけがない。

まさかアレが待ち合わせの人物だとは思いたくないが、確認《かくにん》しないわけにもいかないので俺は勇気を出して声をかけた。

「あ、あのー……、ギルドの……オフ会の？」

緊張で片言になってしまった。

それでも着ぐるみは振《ふ》り向《む》いた。中身は女の子だった。

かぶっているフードの中で大きくて黒い瞳がぱちくりと瞬《まばた》く。そして俺の顔を見るなり赤面して恥《は》ずかしそうにコクリと頷いた。

格好はアレだが、近くで見れば中の人は相当の美少女だった。睫《まつげ》毛はお人形のように長いし、肌《はだ》は透《す》き通るように白い。反対に髪は艶《つや》やかに黒い。なによりも驚《おど》いたのはその小ささ。もしかしたら家の妹よりも低いかもしれない。第一印象は控《ひか》え目《め》でおとなしそうな子という感じ。彼女を即座にギルドメンバーと照らし合わせてみる。

その外見と雰囲気《ふんいき》から推測するに、えっと——

誰？

もちろんオンラインという特性上、俺のようにリアルとヴァーチャルがまったく別物っていうことが普通にあり得る。でも少しぐらいはその片鱗《へんりん》があってもいいはずなんだけど。

「えっと……」

言いかけたところで彼女がじっとこちらを見ていることに気づいた。

脆弱《ぜいじゃく》で、細く、壊《こわ》れてしまいそうに儚《はかな》い。その姿に思わず見惚《みと》れてしまう。

だが、彼女も人見知りが激しいようで互いに目をそらしてしまう始末。

気まずい。実に気まずい。

とにかく今はこのお通夜《つや》みたいな空気をどうにかしないといけない。

何か言わないと、何か。

えーと……うーんと…………そうだ！


「エロいね、その服」


だぁぁぁーっ！　噛《か》んじまった！　俺のバカっ！　何言ってんだ⁉

「シロいね」って言おうとしたんだけどさ、たとえ噛んでなくてもどうなんだそれ？

ダメだろ。普段《ふだん》から女子とまともに喋ったことないから、こんなふうになるんだよね。

しっかりしろ俺の口！　というか頭か？

彼女は最初ビクッと震《ふる》えていたが、幸い言葉の内容までは聞こえていなかったのか今はぼんやりとしている。

よし、今度こそ。そう心の中で仕切り直しをして改めて口を開きかけた時だった。

『変質者？』

「え？」

俺は突然《とつぜん》視界の中に入ってきたその文字を見て唖然《あぜん》としてしまった。見れば遠慮《えんりょ》がちにこちらに向けられた彼女の手には、どこからか取り出したA4サイズくらいのホワイトボードがあって、そこにその文字がでかでかと黒のマーカーで書かれていたのだ。

それを書いたと思われる当の本人は文字の内容とは裏腹にビクビクと怯《おび》えている。

なにこれ？　てか、やっぱり聞こえてたのか？

「い、いやいやいや、ちょっと待ってくれ」

誤解を解こうと手を伸ばした俺に対し、彼女はすかさず素早《すばや》い手つきでボードの文字を書《か》き換《か》える。

『触《ふ》れるな危険。妊娠《にんしん》する』

「んなわけあるか！　あと化学溶剤《ようざい》の注意書きみたいな言い方すんな！」

『妊娠する』

「そこだけ強調してどうするよ！」

『任信《にんしん》』

「イーヤッフーッ！　ってそりゃ某配管工《ぼうはいかんこう》のゲームを作ってる会社の信者のことだろが！」

『鯡《にしん》』

「そうそう小骨がいっぱいあるけど柔《やわ》らかく煮《に》ると結構美味《おい》しくて……って、魚ヘンの漢字って難しいねっ！」

『魔神《まじん》』

「ブゥー！」

『真人間《まにんげん》』

「そりゃ俺とはまったく反対側の世界で生きている人のことだね。俺も早く真人間になりたぁ〜い、ってほっとけ!!」

ゼェゼェハァハァ……なんだこりゃ？　異常に体力使ったぞ？

「てか、さすがに大本から離《はな》れすぎだろ。特に魔神のあたりから飛躍《ひやく》しすぎ！」

俺が肩《かた》で息を吐《つ》きながら項垂《うなだ》れていると、ダメ押《お》しとばかりにホワイトボードが近づいてくる。

『人参《にんじん》』

ちょっと元に戻《もど》った感があるけど……それが何だって話。というかしつこい。

そんなんだからいい加減、俺もつき合いきれなくなった。

「だぁかぁーらっ！　そこは『妊娠』だっつってるだろがーっ！　あんまりしつこいと本当に妊娠させてまうぞ！」

って、あれ？　な、なんかおかしいぞ??

いつもは他人に無関心な都会の人々も、俺の絶叫《ぜっきょう》に足を止めて不審な視線を向けてきている。ママさんが幼い我が子《こ》を反射的に保護するレベルだ。なんたって街の真ん中で、「妊娠させるぞ、ごるぁぁぁっ！」とか叫《さけ》んだわけだから。

……………終わった。社会的に。

そろそろ通報を受けた警官が俺をタイーホ！　しにやってくる。挙げ句、家宅捜索《そうさく》されて押し入《い》れとか、ベッドの下とか、机の引き出しの奥《おく》とかから容疑を固めるアレなアレとかが証拠として大量に発掘《はっくつ》されるのだ。ああっ、こんなことになるんだったらビニールに包まれたままの限定版ものフィギュアとか全部開封《かいふう》しとけばよかった!!

そんなふうに後悔《こうかい》してたら近くで慄然《りつぜん》とした声が聞こえてくる。

「にっ……にににに、にん……」

「はい？」

俺は項垂れていた身を起こし反射的に尋《たず》ねた。

見ればそこには着ぐるみ少女とは別の女の子が、ぞっとした表情で立っていた。

赤みがかったブロンドのツインテール。どこかお嬢様《じょうさま》っぽい雰囲気のする顔は隅々《すみずみ》まで朱《しゅ》に染まっている。そんな彼女を見ながら俺は理解する。

ああ、なるほど。そう来たか。

この後、「きゃー犯《おか》されるぅぅ」とか叫ばれてからお縄《なわ》になる展開ですね？　分かります。

さて、獄中《ごくちゅう》にいる間の新番アニメのチェックとかどうしようか？　そんなことを頼めるのは京也くらいしかいないけど……なんて思いながら覚悟《かくご》していたら、横からあのホワイトボードが差し出された。

『全員集合した』

「……へ？」

改めて見渡《みわた》せば、着ぐるみの子とツインテールの子の他に二人、計四人の美少女が俺の前に並んで立っていた。

×　　×　　×

最悪だ。

エアコンの良く効いた店内で、俺は四人の少女達《たち》とテーブルを囲んでいた。

午後二時を回り、昼食の時間帯を過ぎた店内は客の姿もまばらだ。そんな中でギルドメンバーは六人がけの席に陣取《じんど》っていた。

しかし普通に座《すわ》ればいいのに、テーブルを挟《はさ》んで五：〇というこの座り方はなんなのか？　明らかにきつい。俺の両隣《りょうどなり》に二人ずつ、椅子《いす》からはみ出す勢いで座っている。

真ん中でサンドされちゃった俺は柔《やわ》らかいやら、良い匂《にお》いやらで頭がおかしくなりそうだった。なんか変な汗《あせ》出てきてるし、とにかくこの状態がまずいことは確か。

しかし状況《じょうきょう》が良く分からない。俺としては初印象は最悪のものになってしまったと思っていた。街頭で変質者ばりの台詞《せりふ》を叫んだんだから。でもそんな人間に対しての接し方としては、なんかおかしいような気がする。だって、さっきまで俺の隣には誰《だれ》が座るのかというので凄《すさ》まじいポジション争いが繰《く》り広《ひろ》げられていたのだから。ピリピリしながらも今はなんとなく落ち着いているが、このままではまともに話すらできそうにない。

「あ、あのさあ……とりあえず会話ができる状態にしたいと思うんだよね……」

俺がそんなふうに提言すると、彼女らはすごすごと立ち上がり、向かい側に四人並んで座り直した。今度は四：一という構図。もちろん俺が一の方ね。それもまた極端《きょくたん》だったが、どうやらその条件で停戦協定が結ばれたらしい。

それからドリンクバーでそれぞれに飲み物を用意し、ひとまずの落ち着きを得た。

あ、そうそう、彼女らのキャラクターネームが判明したので言っておこう。

向かって右から、アイスコーヒーを前にしたツンとした印象の彼女は姫《ひめ》。ツインテールに結《ゆ》われた髪は赤みの差した金髪《きんぱつ》で、オンラインアバターの鮮《あざ》やかな金髪とは僅かに異なるが、全体から醸《かも》し出《だ》されるお嬢様《じょうさま》的雰囲気はオンもオフも一緒《いっしょ》だ。吊《つ》り目がちな瞳でさっきから俺のことをじっと見ているが、どういうわけか目が合うと慌ててそらしてしまう。

その左隣《ひだりどなり》。オレンジジュースに口をつけつつ、俺に柔らかい笑みを絶えず送り続けてくれている優《やさ》しそうな子は、ましゅまろこと、ましゅー。セミロングのゆるふわウェーブはこれまたオンラインと同じ。ノースリーブのシャツから伸びる白腕も眩《まぶ》しい。

あと気になったのはましゅーの見た目。彼女は主婦だと聞いていたけど、どこから見ても俺と変わらない年齢《ねんれい》に見えるのだ。一体何歳《なんさい》なんだろう？

それと彼女の足下《あしもと》に置いてある紙袋《かみぶくろ》。中には薄《うす》い小冊子がたくさん詰《つ》まっていて、その一部の表紙がチラリとうかがえた。一般《いっぱん》の人間には分からないだろうが俺にはそれが何だか見当がつく。同人誌だ。しかも確認できるウホッな表紙はおそらくＢＬ系。ここに来る前に乙女《おとめ》ロードに寄ってきたんですね？　分かります。

その隣。メロンソーダをストローでかき混ぜながら嬉《うれ》しそうにしている彼女はリコッタ。他のメンバーよりも少し幼く見える彼女は中学生と聞いている。ショートボブの髪と、脳天からアンテナのように生えたアホ毛。そこまでは普通なんだけど……………

その髪色が普通じゃなかった！　姫の髪も目立つけど彼女の場合はオンライン上のキャラクターとまったく同じ、銀色をしているのだ。しかも恐《おそ》らくカチューシャか何かなのだろうが猫《ねこ》耳まで生えている始末。前の二人もオンとオフの印象が同じだったが、彼女の場合は同じ過ぎだった！　その銀髪《ぎんぱつ》がウイッグなのか、染めているのかは分からないが、彼女と会ってまず最初に目が行くのはそこだろう。

そして最後。初夏のこの時期、優雅《ゆうが》にホットのミルクティー（砂糖入れすぎ）を飲んでいるのは最初に出会った着ぐるみパジャマの少女。彼女は雫《しずく》だった。

しかし今の彼女は口達者なオンラインでの印象と大きく違い、酷《ひど》くおとなしい子に見える。あれから一言も喋《しゃべ》らないし、終始モジモジとしているだけだ。なんたって、こんなちんちくりんとは思ってもみなかった。すらっとしたプレイキャラクターと比べると随分《ずいぶん》とちっちゃくて可愛《かわい》らしい。ってかギャップありすぎだろ！　今だって俺の視線に気づいたのか、雫はその黒い瞳をぱちくりさせた後、恥ずかしそうに伏《ふ》せてしまう。

それにしても店内ではフードくらい取ればいいのにさっきからずっとそのまま。何か取れない理由でもあるのか？

というように色々問題はあるが、やはり彼女らは全員リアルで女の子だった。

で、なんでキャラ名が分かったのかって？

それは飲み物を取ってきたところで、彼女《かのじょ》らが一方的に自己紹介《しょうかい》を始めたからだ。

んで……今は俺の番ってわけ。気が重いが言わないわけにはいかない。なんで本人じゃなくて兄？　って訝《いぶか》る顔が目に浮《う》かぶ。

俺は一度だけ深呼吸した。そして、

「えーと、俺はリ……」

「でもー意外だったのですー」

「ん?」

言いかけたところでましゅーに割り込まれた。若干《じゃっかん》間延びした口調で、さも恥ずかしそうに。

「〝騎士様〟はずいぶんと大胆《だいたん》な方だったのですねー」

「えっと……ま、ましゅーさん?」

「だって、街中であんなふうに……」

「そ、それは誤解で!」

そこで姫が、俺と目を合わせるのを躊躇《ためら》いがちに言う。

「おっ、おお、おとこなんて……みんなケダモノなのよ。たとえ〝騎士様〟でも、それは同じってことじゃない?」

色々言い訳しなきゃならない事も多々あるが、それより何かおかしいぞ?

えっと、何? 俺が……

…………騎士様⁉

なにやら壮大《そうだい》な勘違《かんちが》いが始まりを告げ、俺は慌てて訂正《ていせい》しようとする。しかし連鎖《れんさ》は止まらない。止められない。

その時雫が、恥ずかしそうにそぉーっと、

『〝騎士様〟鬼畜《きちく》♥』

なんて調子に乗った文を掲《かか》げたのだ。仕草と文面が合ってないぞ。

※業務連絡《れんらく》※　今さらですが面倒《めんどう》なので雫のボード発言は以降『』でお届けいたします。

んで、このボードだけど、今思えばこれに誘導《ゆうどう》されるように失言してしまったんだよな。

出されたら反射的に読んでしまうから困りものだ。

そういえば彼女はオンラインと違ってだいぶおとなしくしてるけど、そもそものボードに書く内容は雫らしいといえば雫らしかった。

つーことはいつものようにもてあそばれたってことですか。そーですか。

ならば！　と、俺はやり込められないように気を張った。

「誰が鬼畜か！　いい加減なことを言わないで欲《ほ》しいな」

強く否定した直後、リコッタが何か言い出した。

「鬼畜いいにゃん！　〝騎士様〟が求めるならば、リコッタは少しばかり乱暴なのもＯＫにゃりよ？」

「なんでそうなるっ！　そしてなんでみんな俺を見る⁉」

なぜか他のメンバーが厳しい視線を俺に送ってくる。理不尽極《りふじんきわ》まりない。

「さっきお店に入る前に、〝騎士様〟こっそり誘《さそ》ってくれたにゃん。忘れたにゃん？」

「誘ってねえええぇ！」

更《さら》に厳しさを増した槍《やり》のような視線が四方八方から俺の体を貫《つらぬ》く。

俺はここまでに全員が俺のことを騎士様扱《あつか》いでいることに、そろそろ突っ込みを入れなければと考えていたが、それよりもリコッタの発言には気になることがありすぎだ。

なんだろう……その無邪気《むじゃき》さと相反する開けっ広げな物言いは……。

「それにその口調。「にゃ」って……リアルでもその喋りがデフォなの？」

聞くと彼女は穢《けが》れの無い笑みを返してくる。これがオンラインだったら頭の上で猫耳がフルフルと楽しそうに震えた感じ。

「ニャニャニャ星系の惑星《わくせい》間標準言語の名残《なごり》だにゃ」

「ニャ……？　ニャニャ⁇」

「決してそういう設定とかじゃないにゃ」

「あ、そう……設定……ね」

これはかなりの痛い子キター！

「もちろんリコッタも、ニャニャ星からやってきたニャニャ星人」

「それはうらやましいことで。あと「にゃ」をつけ忘れてるぞ」

「だにゃ」

「横着し過ぎ！」

中二病には程遠《ほどとお》い、小二病くらいの遊びにつき合う俺。これはこれで楽しい気もする。

それに彼女はその痛い発言を除けば、かなり可愛い部類に入る顔立ちをしている。銀髪の合間にある、すうっと通った目鼻立ち。肌なんか途轍《とてつ》もなく肌理《きめ》が細かく、触《さわ》ったらぷにぷにとしてそうだ。

でもなんだろ？　彼女から感じるこの違和感《いわかん》……

「あのさ……もしかして前にどこかで会ったことある？」

「そっ⁉　そんなことないよ！　まっ、ま、まったくのぜんぜんの初めて」

「そう？」

なんか異様に動揺し始めたように見えるが……。また「にゃ」を忘れてるしね。

「でもなー、やっぱり……」

「き、きっと気のせいだよ……あ、だにゃ」

そうは言うが、なんかしっくりこない。

そんなふうにモヤモヤしていたら、右斜《なな》め前に座っていた姫のむすっとした顔が目に入ってきた。

「ほんっとうに油断ならない人ね」

「え?」

「そんなありもしないこと言って、さっそくナンパでしょ? しかもそんな年端《としは》もいかない子にっ」

「いや本当にそんな気がして……」

「どうかしら?」

疑いの目を向け続ける姫だったが、その顔はどことなく赤く見える。

「あたしはね、誰よりも分かるのよ」

「なにが?」

「ケダモノじみた男共の視線が」

「はい??」

「だって、あたしって超《ちょう》かわいいじゃない? 恐らく百万人に一人のレベルの容姿よ? いえ、もっと稀少《きしょう》かも」

自分で言っちゃったよ、この人。

「学校でも外でも歩いているだけで物凄《ものすご》く視線を感じるのよ。やばいくらいにね。みんながあたしを超《ちょう》見てるし、いつか襲《おそ》われるんじゃないかってビクビクなんだからっ」

それは随分な自意識過剰《かじょう》っぷりで。

「あなたからも同じ視線を感じるわ」

「はは、そんなわけないだろ」

「そうね……正確には同じというよりも、それ以上の視線を感じるわ」

また馬鹿なことを——

と、軽く笑って流していたら、視界の端《はし》に控え目に掲げられた白いボードが見えた。雫が俺に向かって見せているのだ。

『トラゴンボール乙のリマスター版、初回から見てる？』

「ああ、もちろん最初からずっと見てるよ」

「ふぇえっ⁉　も、もちろん⁇　さっ、さいしょから⁇　そ、それはそうね、相手はあたしなんだから当たり前……で、でも、ずっと見ててくれたのよね？」

なぜだか姫は顔を目茶苦茶《めちゃくちゃ》紅潮させて動揺を濃《こ》くする。

『どのキャラクターが好き？（女キャラ限定）』

「マニアックかもしれないけど、〝ちち〟一択《たく》だな」

「なっ、なななななっ⁉」

姫は自分の胸を慌《あわ》てて隠《かく》し、うろたえ始めた。

「バカっ！　変態！　な、なんでそこしか見ないのよ！」

「は？」

俺がボードから顔を戻すと、姫の髪《かみ》が怒《おこ》った猫みたく逆立っていた。そこでまたボード。

『〝ちち〟は私の嫁《よめ》』

「何言ってんだ、〝ちち〟は俺のモノに決まってるじゃないか」

「お、おおおおおっ、おれのもののののっ⁉」

まるで瞬間湯沸《しゅんかんゆわ》かし器《き》のように頭から蒸気を出して興奮する姫。どうしたんだろ？

雫はそんなこと気にも留《と》めず、動画サイトが映ってるスマホの画面を俺に向けてくる。

『これ〝ちち〟の出てるシーンだけ集めたＭＡＤ《マッド》』

「なに⁉　今すぐ見せてくれ！」

「えええええぇぇぇっ⁉」

そんなふうに姫が突然大声を出したもんだから、店内にいる客や店員から視線を浴びまくる。

彼女は少し躊躇いを見せた後、

「そっ、そそそんなに見たいって言うんなら……少しだけなんだからね？　少しなら……見せてあげなくもないわよ？」

姫は恥ずかしそうにしながらブラウスのボタンに手をかける。

「なっ、なにしてんの!?」

「えっ？」

俺が慌てて制止すると、姫はきょとんとした顔を見せた。

その後、事の原因が雫にあることを知った姫は、リンゴのような頬《ほお》をして彼女に食ってかかる。

「ちょっと！　あんたのせいで恥ずかしい思いするとこだったじゃない！」

『見せて恥ずかしいものなんてある？』

「あるわよ！　おいそれと、そんなことをしたら軽い女だと勘違いされちゃうでしょ！　あたしはね、容姿も中身も家柄《いえがら》もぜーっんぶ完璧《かんぺき》でそれぞれに高い価値があるんだから！」

容姿は見たまま文句無しに完璧だが、家柄については詳しく知らないんで分かんない。中身は……ちょっと異論があるかも。

しかしそこで今まで憤慨《ふんがい》していた姫の顔色がニヤついたものに変わった。

「なぁに？　もしかしてひがみ？　やっぱりそうなの？　そうよね、あたしを前にすると大体みんなそうだもの。そのフードもどうせブサイクだからそうやって隠してんでしょ？　後は……ほら、ものすごい変な髪型《かみがた》とか？　ふふ、図星ねっ」

　姫は雫のフードに視線を置きながら悦《えつ》に入っている。対して雫の方は聞く耳持たないと言った感じで無視を決め込んでいる。その態度が姫を突《つ》き動《うご》かしたらしい。

「なんならさー、それ脱《ぬ》いでみせなさいよ」

　姫は大きく手を伸《の》ばし、何の気無しに彼女のフードを掴《つか》んで引っ張った。だが——

「ふぬっ、ふぬぬぬぬぅっ！　な、なんなの⁈」

　彼女がいくら力を入れて引っ張ろうとも、それはまったく脱げる気配が無い。というか、雫が裾《すそ》の部分を必死に押さえているのだからそれも当たり前だった。

　どのくらい必死なのかはその手にこめられている力加減で傍目《はため》からでも分かる。それはまるでフードが無いと死んじゃう！　ぐらいの勢い。たとえるなら海中で突然酸素ボンベを奪《うば》われそうになったダイバーみたいな感じ。現に雫の口元は耐《た》えるようにへの字で結ばれていたし、瞳《ひとみ》も僅《わず》かに潤《うる》んでいるようにも見える。

　それを見た俺はやり過ぎなんじゃないかと思って止めに入った。

「おい、それくらいにしておいたら……」

　俺が言うや否《いな》や、姫自身も思いも寄らなかった雫の反応に気まずくなって手を離していた。そして自分は悪くないですよーみたいな素振《そぶ》りを見せる。

「ふん……なんなの？」

姫は納得《なっとく》いかないって感じで腕《うで》を組みつつむくれている。逆に雫は静かにフードの乱れを直していた。そして身なりを整えた彼女は、その丸くて黒い双眸《そうぼう》を俺に向けてくる。

なんだろう？　と見返したら、彼女は赤くなってすぐに目を伏せてしまった。

それからじきに机上《きじょう》にボードが立てられた。

『【訂正】姫は存在自体が恥ずかしい』

「なんですって⁉」

姫はこめかみの辺りにピキピキっときたっぽいが、すぐに別のいじりネタを見つけたようで小さく含《ふく》み笑《わら》いを見せていた。

「ふんっ、いつもはゼクスで踏《ふ》ん反《ぞ》り返《かえ》って偉《えら》そうにしてるくせに、リアルではずいぶんおとなしいじゃない？　ねぇ実は小心なの？　ぷふっ、ウケルぅ。どう見ても、あたしと比べればスタイルが残念すぎるもんねー？　それじゃあ堂々としてられないわよねー？」

確かに姫の言う通り、雫はゼクス上のすらっとしたモデルのような高身長とは大きく異なり、リアルではだいぶちんまりとしている。胸の発達具合で並べると、
ましゅー＞姫＞リコッタ＞雫

という感じだ。そんなふうに言われて当の本人は、縮こまったようになる。

「それと、さっきからそのホワイトボードはなぁに？　あんた喋れないの？」

姫は視線で雫の手にあるそれを指し示す。

俺もそれは気になっていたけど……なんだろう？　喋れないわけではないと思う。だってゼクス上ではちゃんと喋ってたし。これってもしかして……ネット弁慶《べんけい》ってやつ？

散々言われっぱなしだった雫は、そこで体をすくませながらもボードを立てる。

『下賤《げせん》の者に語る口は無い』

「はぃい？　あたしが下々の者と一緒だって言うの？」

『下も下、チャバネと同類』

「それってゴ○ブリじゃないっ！　きぃーっ！」

姫は勢い良く立ち上がって、椅子の上で地団駄《じだんだ》を踏む。またもや周りの客と店員が何事かとこちらを奇異《きい》の視線で見ている。恥ずかしいので止めて欲しいなー。

席の両端《りょうたん》で争いが続く中、不意に休戦の狼煙《のろし》がトレイに載《の》ってやってきた。

「お待たせしましたー。ミラノ風ポテチリピザのお客様ー」

ミラノなのにチリとはこれ如何《いか》に。

料理を持ったウェイトレスは不可思議な面々を見渡しながら、少々困惑《こんわく》気味にこちらの反応を待っている。

「はーい、わたしなのです」

と言って、のんびり動作で手を挙げたのはましゅー。それでぐつぐつと気泡《きほう》を作る焼きたてピザが彼女の前に置かれた。

「わー、まだブスブスとしてるですー」

なんだろうね？　その悪意がこめられてそうな擬音《ぎおん》は。

ともかく焼けたチーズの香《かお》りは毛羽立った心を優しく包《つつ》み込んでくれる。なにしろ荒《あら》ぶる姫を椅子に座らせたのだから。そして彼女はそのピザを見ながら言う。

「よくそんなカロリーの高いもの食べられるわね」

「お昼がまだだったのですー。それにわたし、けっこう食べてもブクブクさんにはならないのですよ？」

「あれ？　隠れ肥満《ひまん》という言葉を知ってる？　一見痩《や》せて見えても体脂肪《たいしぼう》はたーいへんってこともあるから気をつけた方がいいわよ」

「お気遣《きづか》いどうもですー。でも先程《さきほど》も言いましたけど、わたしは大丈夫《だいじょうぶ》みたいですー」

「あらそう」

「はいー」

「『うふふ』」

なんすか、このギスギス感！

笑顔《えがお》で刃物《はもの》を刺《さ》し合うような空気に俺はちょっと引き気味。そういえば俺も昼飯まだだった。腹減ったなー。財布《さいふ》に優しいフォッカチオでも頼《たの》もうか。そう思っていた時、

「騎士様もいかがですー？」

血糖値が瀕死《ひんし》状態の俺に、ましゅーがピザの皿を向けてきた。

言われた時は一瞬誰《いっしゅんだれ》のことか分からなかったが、すぐに自分のことだと認識《にんしき》。

「じゃ一つ」

そう言ってしまった時点で俺が騎士様と認めてしまったも同然だ。でもお腹空《なか》いてたんだからしょうがない。

遠慮無く一切れ貰《もら》おうと手を伸ばしかけた時、俺の鼻先でトマトソースの香りがした。

「はい、どうぞなのですー」

湯気の立つ一切れを、ましゅーがその手で持って俺の口が開くのを待っていた。しかもその表情はなんだか照《て》れ臭《くさ》そう。

この状況はもしやと思うがアレか！　これが全男子憧《あこが》れのアーンというやつか！

なんか横の姫から「ちょっ⁉」とか聞こえたような気がしたが、せっかくの好意だし、

断るのも忍《しの》びない。恐る恐る「あーん」と口を開き、ピザの先っちょを頬張《ほおば》る。

「んまい!!」

「それはよかったのですー」

なんだろう、三九九円のピザがこんなに美味《おい》しいなんて。可愛い女の子に食べさせてもらうってだけで、どんなスパイスをも越《こ》えちゃう気がする。

よし、もう一口。そう思った時にはピザの奴《やつ》が俺から離れて行くところだった。あらら、どこ行くのー？　と目で追うと食べかけのピザの向かう先はましゅーの口。

そりゃあ間接キスってやつになるんじゃないんですかい？　ましゅーさん⁉

それが天然なのか、意図的なのかが分からない。

ちょっとドキドキで見守っていたその時だった。

「はれれっ？」

ましゅーが驚きの声を上げた。突如《とつじょ》横から別の口が現れて、そのピザをかっさらってしまったのだ。その一切れは一気に口内に押し込まれる。

「ふぁによっ……」

咀嚼《そしやく》しながらの苛立《いらだ》ちの声。口一杯《いっぱい》にピザを頬張りながら睨《にら》みを利《き》かせているのは姫だった。少しばかり頬に赤みが差しているのは気のせいだろうか？　そんな彼女の口元を雫《しずく》は物欲《ものほ》しそうな目で見ているし、リコッタに至っては指を咥《くわ》えながらしょんぼり顔。

そこまでして欲しいピザなのか⁉

姫は口の中のものに苦戦しながらも、最後はアイスコーヒーで無理矢理押《むりやりお》し流《なが》して息を吐いた。

「んっ……そんなにジロジロ見ないでよ。あたしもお腹が空いてただけなんだからっ」

「でしたらー、こちらにまだたくさんあるですよ？」

「そっ、それが特別美味《おい》しそうに見えただけよっ」

「はれはれ？　そうですかー？　わたしにはぜんぶおんなじに見えるですよ？」

「おもしろい人ですねー」そんな感じで姫を見るましゅー。

あなたも大概面白《たいがいおもしろ》い部類ですけどね。でもなんとなく分かった。ましゅーは素で天然さんらしい。だって横でリコッタが「だってそれ、間接キス！」って呟《つぶや》いたのを聞いて初めて自分がしようとしてたことを理解したらしく、今更《いまさら》ながらカァーッと頬を染め上げたんだから。俺《おれ》にアーンしてくれたのも優しさからの素の行動なんだと思う。

そんなこんなでましゅーは顔を火照《ほて》らせながら、残りのピザを齧歯類《げっしるい》のようにモソモソと食べる。その姿がなんとも愛らしい。

今までの騒《さわ》がしさはどこへやら。そこで僅かな静寂《せいじゃく》がテーブルに戻ってきた。

にしてもなんなんだろ、この人達は……。

雫は例外として、他のメンバーはアクが強いながらもそこそこ普通《ふつう》の子だと思ってた。

でも実際に会ってみたら全員がかなりの濃ゆい人達だった。

そもそもなんでこんなことになってるのかと考えてみれば、みんな奴のせいだ。

ユーグ。お前だよ、お前！　このオフ会の発起人《ほっきにん》である騎士様が欠席とかあり得んだろ。

俺はそろそろこの辺で、すべての誤解を解こうじゃないかと考えた。潮時だしね。

間を見計らって口を開く。

「あのさ、リエルのことなんだけど……」

「リエルは欠席でしょ？」

「は？」

姫にさらりといなされ、俺はポカーンと口を開けたまま固まった。

「わたしもおやすみーって聞いてるですよ」

ましゅーが続く。

『右に同じ』

と雫も。

ドリンクバーでオレンジジュースとジンジャーエールを混ぜて、オレエールを作って飲

んでたリコッタも、

「残念だけどリエルはお休みにゃ」

と言った。

どーゆうこと？　俺、欠席するだなんて一言も言ってないぞ。しかもみんなあれだけリエルに会いたがってたのに、何？　このあっさり感。

納得がいかない中、姫が思いついたようにある提案を切り出してくる。

「そんなことよりメアド交換《こうかん》しない？」

唐突《とうとつ》だな、おい。なんかはぐらかされたような気もするが……。

「わたしもそれを言おうと思ってたのですー。またオフ会とかやるかもしれないですしー、リアルでもごにょごにょするかもしれませんですからー」

ましゅーも同意見のようだった。雫もリコッタも異論は無いらしい。なので全員とピピッと交換。しかし、ましゅーだけが先程から首を傾《かし》げている。

「どうしたの？」

俺が携帯《けいたい》をのぞき込む前に彼女はふらふらっと席を立ち、俺の隣《となり》へとやってくる。

「なんかー受信できないみたいなのですー。ごめんなさいですが近くでもう一度お願いできますかー？」

「ああ、いいよ……」

全然問題無いことだったのですぐに了承《りょうしょう》。しかし――

「ん？　なんだ……このいい匂いは……って、ばがっぱぶぐおおっ!?」

隣へ座ったましゅーが俺の携帯画面をのぞき込んでくるもんだから、彼女のうなじが鼻先に触《ふ》れそうなほど近くにあったのだ。柔らかな髪が横に流れ落ちて白い首筋を露《あら》わにしている。未《いま》だかつて女の子の肌《はだ》をこんな近くで見たことなんか無かったから、目茶苦茶びびった。というか俺的にはかなりピンチなんだけど！

「あっ、あの、ましゅーさん？　ちょっと近すぎないですか？」

「そうですかー？　でもーもうちょっと近づかないと無理みたいですー」

「フォーッ!?」

あろうことか更に身を寄せてきたましゅー。しかも彼女、ノースリーブのシャツなんで、むき出しの二《に》の腕と二の腕がシンメトリカルドッキングな感じになっていて大変！　でもこれ、本人は天然でやってることなんだろうなー。

そんな中、向かい側にいた姫が眉間《みけん》にしわを寄せながら立ち上がるのを見た。

「ちょっと、あんた何やってんのっ！」

「見てのとおりメアド交換なのですー」

「それは分かってるわよっ！　そんなに近づかなくてもできるでしょって言ってんの！」

「でもー……うまくできないのですー」

瞳をうるうると潤ませるましゅー。泣くほどのことではないと思うが、かわいそうにな
ってしまうのが男心。

「ちょっと貸してみな。俺がやってやるよ」

と早いとこ行動するのが一番良かったんだけど、その前に姫に持って行かれてしまった。

「貸しなさいよっ。あたしが代わりにやってあげる」

「あぁっ……」

姫は彼女の手から携帯を奪い取《と》り、俺の隣へと腰掛《こしか》ける。

これは……またもや両側からサンド状態。ドキドキが止まらない俺の横で姫は携帯をポ
チポチ。それで画面に出てきたのは俺のアドレスだった。

「なにこれ、ちゃんとできてるじゃない」

「んんー？　そうなのですか？　良く分からないのですー」

「しらばっくれるの？」

「そんなつもりないですー」

「は？　ふざけないでよ」

俺が近くで見てた限り、ましゅーは本当に理解してなかったように思えた。それくらい機械音痴《おんち》だってこと。でも姫は納得いかないようだ。

「さっきからイライラすんのよね、あんたのそういうところ。まるで何も知らない純粋無《じゅんすいむ》垢《く》なふりしちゃってさー。ビッチのくせにっ！」

「なっ⁉　なななっ、いきなりなんなのです⁉」

「だってあんた人妻でしょ？　やっぱりビッチじゃないっ」

「ビ、ビッチとかじゃないですー！　だって、わ、わたしはまだ……」

「なに？　聞こえない。大体そんな箱入りならビッチの意味とか知らないものね？」

顔を紅潮させてうずくまっていたましゅーは、泣きそうな目でそっと姫を見上げた。

「ううぅ……な、なら……ひ、姫ちゃんは……ど、どうなのですかー？」

「なにが？」

「その……ビ……ビとか……その……」

「はあ⁉　そ、そんなわけないじゃない！　あたしだってまだ処……って何言わせせんのよ！」

今度は姫がましゅーの倍は赤くなってあたふたとしだした。

「そんなことより、あんたのそれ、嘘泣《うそな》きでしょ！」

「嘘《うそ》じゃないですー、姫ちゃんの胸とは違《ちが》いますー」

「それどうゆう意味⁉　あたしのは本物よっ‼」

なにやら俺の両側で争いが激化し始めていた。これ以上続くと手のつけられない事態になりそうな雰囲気《ふんいき》。それにこのままじゃ俺もアレの限界を迎《むか》えそうだ。そこで思った。

ここは俺が止めないといけないなあーと。

そんな時、雫は相変わらず照れ臭そうに頬を赤らめ——

『修羅場《しゅらば》ｗ』

「おいっ！　てか、態度と文面が合ってねえ！　あと「ｗ」が尚《なお》むかつく！」

『ｗｗｗｗ』

「しばくぞ？　パーで」

たとえムカッときても女の子にはグーは出さない。それが俺のジャスティス。

さて雫のことはひとまず置いといて、姫達の方が先だ。ここは一つ、カッコよく仲裁《ちゆうさい》に入ろうと思う。争《あらそ》う二人の間に割って入り、気の利いた台詞でも言ってこの場を穏《おだ》やかに収めるのだ。そんなわけで俺は両手を広げ、二人を制止させる行動を取った。

「やめるんだ二人とも！　ここはこの俺が……」

むにゅ。

「……ん？　なんだ、この感じ」

間に変な擬音が入った。さっきから俺の両側が、生まれてこの方体験したことのないくらいむにゅむにゅしてたが、今のはそんなの比じゃない柔らかさ。

「まさか……ね？」と俺は思った。

結構たくさんのラブコメを見たり読んだりしてきたから、こんな展開あからさますぎて簡単に予測できたはずなのに、いざ自分の身に起こると意外と分からないもんだなあと、しみじみ思う。これが三次元耐性《リアルたいせい》の無さからくる弊害《へいがい》か！

察しのいい人はもうお分かりかと思うが、俺の右手にはかなり大きめの柔らかいもの、左手には中くらいの柔らかいものが掌《てのひら》に収まり切らずに、ぽよよんと波打っていた。

でも俺はそんなものと、とんと縁《えん》が無かったし、それがまさかこんなにも柔らかいものだと知らなかったのだ。だから理解はできていても今ひとつピンとこなかった。

姫はまだ自分が置かれている状況が把握《はあく》できていない様子で、ぼんやりとした顔。逆にましゅーはなぜか恍惚《こうこつ》の表情で震《ふる》えていた。俺自身もようやく事態の重大さに気づき、体が反応を始める。

ああ、これは絶対来ちまう。アレが。

体の芯《しん》を突き上《あ》げてくる熱い何か。それが、限界を越えたと感じた瞬間《しゅんかん》――――

俺の視界は真っ白に染まった。

× × ×

俺は店内の個室トイレに籠《こ》もっていた。閉めた蓋《ふた》の上に腰掛け、悔《く》いるように項垂《うなだ》れる。

「やっちまった……」

やるせない気持ちが体を包み込んでいた。

俺は日頃《ひごろ》から女性に接してこなかったことから、三次元《リアル》女子に対しての耐性がまるで無い。そのことは前にも話したと思うが、そのせいで異性相手に極度《きょくど》の興奮を覚えると……

テクノブレイク!!

じゃなかった………失神してしまう体質なのだ。【女性耐性不全症候群《FEDS》】この体質のことを知ったのはつい最近だ。

高校に入学してすぐのことだった。クラスメイトの工藤美咲、彼女との偶発的接触《ぐうはってきせっしょく》が切《き》っ掛《か》けだった。あれは単に事故だったんだ。その時もこんな感じになってしまって大変だったんだけど、それまで女子との接触《せっしょく》は皆無《かいむ》だったんだから自分の体質に気づきようがない。

だから俺はオフ会なんて嫌《いや》だったんだ。

目を覚ました後、俺は苦笑いをしながら「ちょっと、トイレ……」とか言って逃《に》げるように席を立っていた。無論本当に催《もよお》していたわけじゃない。ただ「失敗しちまった！」というのと、気まずいのとでその場から逃げたかっただけ。今は猛反省《もうはんせい》中。

それにしても、あれだけおかしな言動と行動を繰《く》り返してきたにもかかわらず、俺に呆《あき》れて帰ってしまったりする子が一人もいないのが不思議だ。

騎士様はどんだけ好かれてんだ？　嫉妬《しっと》を通《とお》り越して逆に恐ろしくなってきた。

さて……これからどうしたものかと閉ざされた戸を見ながら考えていると、突如腰《とつじょこし》ポケットで携帯が震えた。メールだ。

「こんな時に、誰《だれ》だよ……」

愚痴《ぐち》ってはみるが俺にメールをくれるような奴は京也くらいしかいない。京也じゃないとすると多分これはスパムか何か。だって怪《あや》しいアドレスだし。

でも恐《こわ》いもの見たさで開いて見る。そこに書かれていた内容はこうだった。

[件　名] ご機嫌《きげん》よう。

[差出人] kishisama666@motmail.co.jp

［宛　先］wan_U-x-U@pocomo.co.jp
《やあ、僕《ぼく》だよ。オフ会、楽しいね。けど、突然倒《とつぜんたお》れた時は驚《おどろ》いたよ。大丈夫？
それにしても僕からの告白を忘れて随分《ずいぶん》とハーレム状態を楽しんでいるようじゃない。
さすがにレディの胸を触るのはいただけないなあ。これにはちょっと説明が欲しいね。
ねえ？　リエル》

読み終えた後、目が点になった。この口調、そして騎士様という名のアドレス。
そいつは紛《まぎ》れもなく〝ユーグ〟からのメールだった。
なんでアイツが俺のアドレス知ってんだ？　それに俺がリエルだってことも。
しかもメールの内容から察するに、奴は今まで俺達《おれたち》がしていた一部始終を見ている。
俺は急いでそのアドレスに返信した。

［件　名］Re：ご機嫌よう。
［差出人］wan_U-x-U@pocomo.co.jp
［宛　先］kishisama666@motmail.co.jp
《おい、コラ。お前、なんで俺のアドレス知ってんだ？

しかも今までの顛末《てんまつ》を全部見ておきながら笑ってやがったな！

どうせ店内に客のフリして入り込んでんだろ？　今すぐ出てこい！

俺はお前に間違《まちが》われて困ってんだ。なんとかしろよな》

俺は予想してみた。予定通りにオフ会にやってきたユーグは、待ち合わせ場所の店前ですでに集合しているギルドメンバーを発見。しかし、その中にいるはずのない自分以外の〝男〟がいることに気づいた奴は様子をうかがう為《ため》、客として店内に入り近くのテーブルで聞き耳を立てていた。そこで俺が騎士様として扱われていることに憤慨し、このメールを寄越《よこ》した……とか？

または俺がネカマだと知って「騙《だま》したな！」と、やはり怒《いか》りのメールを……とか？

色々考えてみたけど……うーん、それだけじゃ説明しきれないものが多すぎる。

顎《あご》に手を当て、軽く息を吐《つ》いた所で再びバイブレーション。

[件　名] Re:Re:ご機嫌よう。
[差出人] kishisama666@motmail.co.jp
[宛　先] wan_U-x-U@pocomo.co.jp

《おやおや、面白《おもしろ》いことを言うね、君は。
僕自身、先刻から君の目の前にずっといたじゃないか。
アドレスはそこで直接、君と交換したはずだよ？》

俺は怒りに任せて速攻《そっこう》で返信した。

《なに寝惚《ねぼ》けたこと言ってんだ？》

そうしたら物凄い勢いで戻《もど》ってきた。

《君は2アカという言葉を知らないのかい？》

2アカ………2アカ……

2アカウントだと⁉

その単語に俺の脳髄《のうずい》がビキビキっと震えた。

《さっきから言ってるじゃないか。騎士様《ユーグ》と呼ばれる人間は君の目の前――ギルドメンバーの中にいると。

ネットではアバターさえ変えればどんな自分にもなれるんだよ？　そんなことは君でもよく承知してるだろ》

ようやく奴が言っている意味が分かってきた。

ようは今日オフ会に出席しているギルドメンバー四人の中に、自分のキャラクター以外にもう一つ、ユーグというキャラのアカウントを作って、それを操《あやつ》っていた人間がいるということだ。だから俺の知っているユーグという〝男〟はこの世には存在しないことになる。俺の携帯アドレスもさっきのメアド交換の時に手に入れたのだろう。それならこの場に同席していたかのような内容の文も理解できる。

まてよ？　ということはさっき交換したメアドの中にこのメール発信者と同じアドレスがあれば誰が騎士様だか特定できるんじゃ……？

「っと思ったら、これフリーメールじゃねえか！　ちっ」

用意周到《よういしゅうとう》というわけか。だけど、なんでこんな真似《まね》を？

と、そこでまたもや着信。

《返信が無いということはようやく理解したということかな？

では、そろそろ本題に入ろうか。

君は今のこの状態をどう思う？

このようなハーレム状態を続けたいと思ってないかい？

そこでだ、君に今日から本当の〝騎士様〟になってもらいたいと考えている。

ちなみに拒否権《きよひけん》は無い。

なぜなら、これを拒否すれば自宅にある君のPC内から、君自身の人格が疑われるようなファイルを公《おおやけ》にすることになるから。ネットは広いよー？　この意味分かるね？

僕にそんなことが出来るわけがない。はったりだ。

そう思っている君にそれを証明するものをここに添付《てんぷ》しておくよ。

それでは楽しい〝騎士様〟ライフを》

俺は覚束無《おぼつかな》い指先で添付されていたテキストファイルを開いてみた。

そこにはある文章の一部が貼《は》りつけられていた。

〝メルルーナ、君は僕の太陽《ソラリス》だ。

君の眩暈《めまい》がするほどの輝き《ルクス》の前では、数多《あまた》の星々《ステラ》もその光を地上《テラ》に届ける事すら儘《まま》ならない。それはまるで塵屑《ちりくず》に等しい存在。

メルルーナ、君の瞳はどこへ向いているの？　僕はここにいるよ？

ああ、メルルーナ、メルルーナ、メルルーナ――――〟


「うっわぁー何これ？　ポエム？　痛々しいし、かなりきっついなー…………って、これ俺の文じゃねぇぇぇぇかぁぁぁぁっ!!　死にたいｗｗｗｗｗ」

それはゼクスのカリスマプレイヤー、メルルーナちゃんのことを歌った詩だった。俺の彼女への思いを日記風に綴《つづ》ったものなのだが……ゲフッゲフッ。

はっきりと言えるのは、読み返しただけで恥《は》ずかしさのあまり悶絶《もんぜつ》死確実だということ。

今思えばなんでこんなの書いたんだろ？

しかしそう嘆《なげ》いてもいられない。それで俺のＰＣが完全に掌握《しょうあく》されているという証拠《しょうこ》としては十分だったし、残りのポエムもすべて奴の手の中にあると思っていいだろう。

やめてーっ、マジやめてぇーっ！

こんなのが公になったら、俺、明日からどんな顔して生きていけばいいの？

つーか、どうやって手に入れたんだよ！　どっかで監視《かんし》してんの⁉　こえーよ！　まず相手の真意と目的が分からない。俺が騎士様になったところで奴に何の得があるっていうんだ？　理由を聞きたくてそんな内容のメールを送ってみたものの返事は返って来ない。代わりに騎士様のアカウントＩＤとパスワードだけが記されたメールが受信箱に入っていた。

「本気で俺を騎士様にしたいらしいな」

しかし良く考えたら、これって俺にとって悪い条件は何にもない。ギルドメンバーとの交流もこのまま続けられるし、ネカマだってバレずに済む。それに今の俺にはこれを断るという選択肢《せんたくし》が無い。とにかく今は大事に至らないように素直《すなお》に聞き入れるしかないだろう。

不安な気持ちを抱《かか》えたままトイレの鍵《かぎ》を開ける。洗面台で顔を洗って、一旦《いったん》気持ちを落ち着かせた後、そこを出た。

もといたテーブルに戻ると、四人の美少女達《たち》が席を立つ前と同じようにしてそこに座《すわ》り、俺を待っていた。雫は無表情のまま。リコッタは戻ってきた俺を歓迎《かんげい》する感じ。ましゅーは前にも増して微笑《ほほえ》みを絶やさず、姫は僅かに頬を膨《ふく》らませながらも素直にそこにいた。

本来ならば女子四人と男一人という華《はな》やかな空間に心が沸《わ》き立《た》つんだろうけど、そこに戻った俺は、逆に彼女《かのじょ》らの姿が不気味に映る。だって——

この中に一人、本当の騎士様がいるんだから。

# #03【俺のモノが奪われてヤバイ】

◆　オンライン　◆

「すげぇな」

最初に出た言葉はそれだった。

オフ会を終えたその日の夜。俺は早速《さっそく》、手に入れた騎士様のアカウントでゼクスヴェルトにログインしてみた。

すぐさまステータスをのぞいてみると、レベルは99。それはこの世界の現時点でのレベルキャップにあたる数字だ。能力値を確かめるとその高さに驚愕《きょうがく》。アイテム欄《らん》も見るからにすごそうな知らないアイテムや装備が満載《まんさい》。職業《ジョブ》別に習得できるスキル欄も見たこともない技《わざ》があったりして……なんかもう、別次元すぎた。

ゲームがオープンになってから数ヶ月《すうかげつ》。経験値がなかなか貯《た》まりにくいゼクスは、今現在プレイヤー平均レベルが30前後なので99とかとんでもない数字だと言える。

「一体どうやったら、こんなんなるんだ……?」

見た目だけじゃなく、本当に廃人《はいじん》だったたっぽい。

俺は銀のガントレットに覆《おお》われた腕と、グローブをはめた大きめの手の平を見詰《みつ》め、開いたり閉じたりして感触《かんしょく》を確かめる。今までと違う違和感《いわかん》のあるアバター。まだしっくりとはこない。これでどんな顔して彼女らに会えばいいのかと悩《なや》んだが、実際オフ会で顔合わせ済みなんだから素のままでいいんじゃないかという結論に至った。

キャラ変わった？　とも言われないだろうし、むしろ今まで猫《ねこ》かぶってた？　って感じだろうし。自分を作らなくて済む。なによりリエルと違って〝男〟として彼女らと接することができるんだから気楽だ。

方向性がはっきりとしたところで、俺は騎士様としてギルドハウスの扉《とびら》を開こうとした。だがその前に扉の方から先に開け放たれた。

「どうだ？　これ」

「は？」

中から出てきた雫《しずく》にいきなりそう聞かれたのでポカーンとしてしまった。まあオフ会の時の物静かな彼女とのギャップがありすぎて一瞬《いっしゅん》戸惑《とまど》ったってのもある。

「これだ、これ」

そう言って彼女はスカートの裾を僅かにたくし上げ、脚《あし》にある黒いオーバーニーソックスを見せつけてくる。

「なかなか似合ってるだろ？」

「に、似合ってる……似合ってるけど、そのスカートを持ち上げるのをなんとかしてくれ」

「ほら、この絶対領域の幅《はば》とか完璧じゃないだろうか？　そう思わないか？」

「人の話聞いてないだろ！　それに……それはなんのアピールだ！」

雫《しずく》は上半身を前屈《ぜんくつ》させ、妙《みょう》に角度をつけながら俺に対して扇情的《せんじょうてき》な視線を送ってくる。

レースクイーンとかのグラビアにありそうなポーズだ。

「こういうのは好みじゃなかったか？」

「そういうわけじゃないが……どう受け答えたらいいのか困るだろ！」

「今日もかわいいね。とか？」

「き……きょ、きょうも……ハァハァ……か、かわいい……ね？」

「うわ……なんか変態っぽいな」

「お前がやらせたんだろうが！」

「想像していたのとちょっと違った。それにこんなポーズをさせられている私自身も意外と恥ずかしいんだぞ？　どうしてくれる」

「ならやるなよ！　そしてさせた覚えはねえぇっ！　ついでに言うと俺も恥ずかしかっ

た！」

まったく信じられない。これが先刻までオフ会で会っていた、あのおとなしい子だなんて。まあ、暴言吐く部分は変わんないんだけど……それにしたって見た目のいじらしさはどこ行った？　彼女は騎士様に対しても普段《ふだん》からこういう態度を取っていたのだろうか？

俺の内面など知る由も無いといった感じでニタニタとした黒くて大きな瞳が俺を見上げてくる。これは今までに無かった感覚。だってリエルは彼女と同じくらいかそれより低い背丈《たけ》で設定していたから。

初めての感覚に少々感動を覚えていると、外での会話を聞きつけたのかギルドハウスの中から姫《ひめ》が現れた。

「ちょっと雫、いつまでもそんなキモイことやってないで、ちゃんと決まったこと守りなさいよね！」

「守る？」

俺が首を傾げると雫の舌打ちが聞こえてくる。すると姫が、

「そう、さっきみんなで話してて、ドロップアイテムを取りに行くことになったのよ。騎士様も手伝ってよね」

「ドロップアイテムって……何を？」

そこで彼女が雫の脚を指差す。

「これよこれ、このニーソックス。自分だけこんな可愛《かわい》いのずるくない？」

「ずるいも何も自分で貯めた金で買ったのだから問題ないだろ」

「どうせあんたのことだから、さぞかし汚《きたな》いお金なんでしょうね」

「金に汚いも綺麗《きれい》も無い。金は金だ。今だって、行きたくはないが仕方なしに狩り場《かば》に行ったとする。そうしたらすでに他のパーティが同じ獲物《えもの》を狙《ねら》って待機していた。ということもあるんだぞ？」

「それとお金がどう関係するんだ？　マナーを守って順番に狩ればいいんじゃないのか？」

俺は言った。すると雫は肩《かた》をすくめて鼻で笑う。

「そんな効率の悪いことしていられると思うか？　相手方のパーティリーダーにそっとトレードを申し入れて立ち退《の》いてもらうに決まってるじゃないか」

「買収じゃねえか！」

「なんだ、なんでもお金で解決できるのはリアルもヴァーチャルも変わらないだろ？」

「イヤなこと言わないでくれ」

俺がげんなりしていると、姫が再びオーバーニーを指差して言う。

「と・に・か・く、あたしもそれと同じものが欲《ほ》しいわけ」

「ちょっと待つにゃー、リコッタも欲しいにゃー」

「あっあっあっ、わ、わたしも欲しいのですー」

ハウスから飛び出してきたリコッタとましゅーも賛同の声を上げる。

そういうわけで全員がそのオーバーニーの正式名称《めいしょう》である【祝福のニーソックス】とかいうアイテムの魅力《みりょく》に取り憑《つ》かれてしまっているみたいだ。

「祝福のニーソックスねえ……。ま、確かに可愛いけどね」

「……」

「ん？」

俺が何気なくそう呟いた直後、周囲の空気が一瞬《いっしゅん》だけ凍《こお》りついたようになったのは気のせいだろうか？

「とっ、とにかく、さっさとそのニーソックスを取りに行くわよ！」

場の空気を払《はら》い除《の》けるように姫は雫の手を取って歩き出す。

「おい、私はまだ行くとは」

「今さら何言ってんの？　ちゃんとドロップするまでつき合ってもらうんだからね！」

そんなことを言いながらギルドハウスを出て通りに向かう彼女達《かのじょたち》。やれやれと俺はその後に続く。

それにしてもさっきから思ってたんだが……リエルがログインしていないことを誰も気に掛けていないのはどうなんだ？

そこになんだか一抹《いちまつ》の寂《さび》しさを感じる俺だった。

×　×　×

ゼクスヴェルトオンラインは六つの大陸とそこに息づく六つの種族が織り成すファンタジー世界が舞台《ぶたい》のＭＭＯＲＰＧだ。現在、俺達がギルドハウスを構えているフローレ王国王都フィルムスは人間族が治める大陸にある。その西と東には獣人族とエルフ族がそれぞれに統治する大陸と国があるが国交があるのはその三つだけ。残りの三つは断絶されたままだ。なんでもその間のフィールドがまだ完成してないらしい。今後のバージョンアップ時にパッチで追加されるらしいが、今のところその様子は無い。分かっているのは向こうの三つの大陸間もこちらと同じように交流があるということだけ。機人族とドワーフ族と竜人族だったかな？　でも、今の俺達にはそんな情報はどうでもいいんだけどね。

で、フィルムスを出た俺達ギルド一行は一路西を目指し、リマ渓谷《けいこく》までやってきていた。

緑豊かな風光明媚《ふうこうめいび》な場所だ。ここに今回の目的である祝福のニーソックスをドロップするモンスターがいる。

俺達は今、その深ーい渓谷へと下りる一本道の入口で陣取《じんど》っていた。道の先を辿《たど》って見ると渓谷の底にウヨウヨとモンスターが数十匹徘徊《ぴきはいかい》しているのが見える。それは二本脚で歩くトカゲみたいな奴で、身長はプレイヤーの二倍くらいある。

「うわっ、キモっ！　あたしあーゆう爬虫類《はちゅうるい》系苦手なのよー」

姫は本当に嫌そうな顔で渓谷を見下ろしている。ヴァーチャルとはいえ結構リアルだからなあ。

「あの、ぬくぬくしたウナギさんでいいのですかー？」

ましゅーがトカゲを指差しながら聞いてきた。

「ウナギ？　あーまあ確かに見えなくはないか。あと多分、ぬるぬる？」

本当の名前はダークリザードマンとか言うらしいが、体皮は黒いし、ぬめぬめとテカってるし、ウナギっちゃあウナギに見えなくもない。でも二本脚で歩くウナギはなんか嫌だな。

「でも目的のモノを落とすのはあいつじゃないぞ。三十分に一度出現《ポップ》する色違いの奴がいてそいつだけが落とすんだ。誰かが狩ってなければその辺でウロウロしてんじゃないか？」

「さすが騎士様、何でも知ってるにゃー」

リコッタが深く頷《うなず》きながら感心している。

まあ一度リエルで取りに来たから知ってるんだけどね。その時は手伝いだったんでそのアイテムは手に入れられなかったんだけど。

俺は渓谷全体を見下ろした。すると黒いウナギ……いやリザードマンの中に僅《わず》かに色の違う灰色の奴を見つけた。

「お、いたいた」

「でもあれ、あたし達のレベルで倒《たお》せるの？」

姫が心配そうに聞いてくる。

「一匹《ぴき》一匹はたいして強くないよ。ソロでも倒せるし。ただ周囲に気をつけないとかな。リンクするとやっかいだし」

「たいした物じゃないのに意外と面倒《めんどう》くさいんだな」

雫の言うとおり祝福のニーソックスはステータス的には特別取り立てるほどのアイテムじゃない。通常の防御力《ぼうぎょりょく》に加え、装備すれば魅力が＋5、素早《すばや》さが＋1加算される程度だ。いわゆる見た目アイテムだな。その割りにはドロップ率は低く、結構難儀《なんぎ》な場所にいるモンスターが落とす。

雫は気怠《けだる》そうな感じでステータス画面を開き、何やら準備を始める。

「まあいい、さっさとやってしまおう。今回は回復役のリエルがいないので、リコッタ」

「にゃ？」

私？　という感じで自分を指差すリコッタ。

「錬金術士《アルケミスト》のお前が回復役だ。多めにポーションを生成しておけ」

「了解《りょうかい》にゃ」

敬礼と共に猫耳がピコッと揺《ゆ》れる。

「メインの戦闘《せんとう》は私とましゅー。それで釣《つ》り役がお前だ、うさっころ」

「ちょっ、ちょっと!?　なんであたしが釣り役なのよ！」

「お前のエルフ族らしからぬ逃げ足《あし》の早さが役に立つ時だ。適任だろ？」

「無理無理無理無理無理無理っ、あんな気持ち悪いのイヤっ、イヤよ！」

この拒絶《きょぜつ》っぷりは本当に苦手らしい。

「そもそもお前が欲しいというからここまで来たんじゃないか」

「で、でも無理！　後方支援《しえん》ならするから」

「ただでさえ職業《ジョブ》バランスの悪いうちのギルドが効率良く安全に狩るには、その役割分担が最適なんだが」

「それこそあんたのタワシの方が適任でしょ」

「タワシ？」

「あんたの持ってる和菓子《わがし》みたいな名前の毛玉ボールのことよ」

「私のすあまをタワシとか毛玉とか言ったのはどの口だ？」

「この口、この口」

姫は嫌みったらしく自分の口を指差す。

「むっ」

「んっ」

睨み合《あ》う二人。いつもの展開だ。このままでは埒《らち》があかないので俺が名乗り出た。

「なんなら俺が釣り役やるよ？」

言うと二人は、なんとも言えない表情で俺のことを見る。なんか間違ったことでも言ったかなー？　と不安に思っていると雫と姫が同時に口を開く。

「「いい！　私（あたし）達でやる！」」

そんなふうに強く言われてしまうとそれ以上何も言えなくなってしまう。それに俺がパーティに入るとレベル差がありすぎて、みんなに経験値が入らなくなってしまうんだそうだ。少々寂しいが何かあった時のサポートに回るとしよう。強すぎるってのも大変なんだなあーとしみじみ感じてみたりする今日《きょう》この頃《ごろ》。

「じゃ……行ってくる……」

震える声でそう言ったのは姫。一緒《いっしょ》に雫も渓谷を下りて行く。戦々恐々《せんせんきょうきょう》とする彼女らとは正反対に見送るましゅーとリコッタは妙に晴れやかだ。

俺は渓谷の上から雫達《たち》の様子を見守る。細道を恐《おそ》る恐る進む姫は盗賊《シーフ》スキルの一つ、潜伏《ラーク》を使っており、自ら手を出さない限りモンスターに見つかることはない。それにしては腰《こし》が引けすぎで、見ているこちらの方が緊張《きんちょう》してしまう。雫もまた潜伏《ラーク》と同等の効果を持つ魔法《まほう》アイテムを使って姫の後に続く。

程《ほど》なくして一本道の降り口に到着《とうちゃく》。そこで待機している彼女らの前をダークリザードマンが何体も通り過ぎてゆく。

《あわわわ……》

泣きそうな姫の声がギルドピアスを通じて聞こえてくる。そこへ丁度、灰色の奴《やつ》が姫に近づいてきているのが見えた。

「大丈夫《だいじょうぶ》、大丈夫、あれは……そっ、そう、羊羹《ようかん》よ！　足の生えた羊羹が歩いてるんだわ。それならあたしにもできる、あたしはできる……」

姫はなんとかしてキモさを紛らわそうと自分に言い聞かせているようだった。それにしても足の生えた羊羹て……それの方が恐いわ！

彼女は腰から小型の弓《ボウ》を取り出し、震える手で矢を据《す》える。絵的にはゴクリと喉《のど》を鳴らす場面。

「よ、よしっ……ここらへんで……」

目一杯《めいっぱい》引かれた弦《つる》。狙いを定めたそれが今、放たれようとしている。

その時だった。

「あてっ⁉」

姫の後頭部に何かがヒットし、彼女は前のめりになりながら声を上げた。

ゼクスの世界は擬似的《ぎじてき》ではあるが感触はある。現実よりはだいぶマイルドな感じだが、暑ければ暑いと感じるし、寒ければ寒いと感じる。当然痛みもまた然《しか》り。それに攻撃《こうげき》の赤いエフェクト光が視界を明滅《めいめつ》させるとついつい反射的に「いてっ」と声を出してしまうプレイヤーは多い。

それで姫の頭を小突《こづ》いたのは何だったのか？　それは雫だった。

「ちょっとー！　なにすんのよっ！　今いいとこだったのにっ」

姫は頭の後ろをさすりながら犬歯を見せて怒《おこ》っている。

「何がいいとこだ。ボケるのも大概《たいがい》にしろ」

「ボケ⁉　な、なにがよ」

「あれは目的のモンスターじゃないぞ」

「はい？」

雫が指差した先で蠢《うごめ》いているのは姫が射貫こうとしていたリザードマン。しかし良く見るとそのリザードマンの頭には他とは違う角が一本、額の辺りからちょこんと生えていた。

「色は一緒でもあいつは別種のモンスターだ。名前は確かヘルリザードマン。しかも私達のレベルでは瞬《しゅん》殺ものだぞ？」

「げ……」

姫は身震《みぶる》いをした。

いわゆる角の生えてる奴は三倍の速さとかそんな感じのことだろう。赤くないけど。

「命の恩人に礼の一つくらいは欲しいな」

雫が得意気に言うと姫は悔《くや》しそうに答える。

「わ……わるかった」

「え？　聞こえない」

「わ、悪かったって言ってんでしょ！　この性悪女！」

「しょ……しょうわる……だと？」

クールな雫もそれにはカチンときたようだ。このままそこで取っ組み合いの喧嘩《けんか》でも始まってしまうんではないかと思われた時だった。

　グルルルル……

　辺りから低く呻《うめ》くような声が聞こえてきた。

　もしかするとこれは……そのもしかですかね？

　雫と姫もようやく事の重大さに気づいたようで、段々と顔が青ざめてゆくのが分かる。

「……はは、えーと」

　彼女らの背後には盛大に釣れたヘルリザードマンが、よだれをたらしながら大口を開けていたのだ。

「「うぎゃーっ！」」

　姫達は叫《さけ》ぶなり一目散に逃げ出した。

　事の原因は雫が姫を叩《たた》いたことだった。それで二人にかかっていた潜伏効果《ラーク》が同時に解け、近くにいたヘルリザードマンが反応。しかも周囲のダークリザードマンをも巻き込んで総勢三十四以上の大リンクを形成させていた。

「ちょっ、なにこれっ!?　信じらんないっ、うはっw　雫！　あんた責任取ってなんとかしなさいよっ!!」

「お前こそ、なんとかしろ！」

こんな時でもお互《たが》い罵《ののし》り合いながら逃げるのには恐れ入《い》る。

彼女らの怒号《どごう》が渓谷の下から駆《か》け上がってくる。と同時に現れた光景に俺とましゅーとリコッタの三人は思わず体を仰《の》け反《ぞ》らせた。リザードマンの大軍勢。それは遠目で見ているのと目の前で見るのとは大違《おおちが》いの迫力《はくりょく》だったのだ。

「これは、ちょっと無理かもしれない……」

そんな訳でみんながみんなモンスターの軍勢を目にした途端《とたん》、猛然《もうぜん》と逃げ出していた。

「ひぃぃーっ!!　うひ、うひひっ」

悲鳴を上げながらもテンションがおかしい姫。

そりゃまあ、あれだけ気持ち悪がってたのがこの数じゃあね……。

「おふっ！　し、し、しぬぅ、しんじゃううう、おふぅ！」

逃げる姫の背中で攻撃の赤色エフェクトが散る。その度に彼女の頭上にあるＨＰ《ヒットポイント》メーターがググッと減ってゆくのが分かる。

「ていうか、リ、リコッタ！　早く回復しなさいよっ！」

「えっ!?　ちょちょっ、ちょっと待ってにゃ。今、なんとかするにゃ！」

リコッタはステータス画面からアイテムを指定して手の中にポーションを現出させる。フラスコみたいな小瓶《こびん》に入ったそいつを逃げながら姫に使うなり、渡《わた》すなりしないといけないのだが……状況《じょうきょう》が状況だけに手元が覚束無い。それが災《わざわ》いして……突如《とつじょ》、リコッタの頭上で草葉が舞《ま》うような爽《さわ》やかエフェクトが散った。

「うわぁああぁぁあぁぁぁ!? まっ、間違って自分に使ってしまったにゃ!!」

「な!? なんなのよっ、使えないわね！ おふっ」

姫は憤怒《ふんぬ》しつつも瀕死《ひんし》の状態。併走《へいそう》する雫も何も言わずに堪《た》えているが、彼女もHPがかなり減ってきている。

そんな時、フリルつきのスカートが翻《ひるがえ》った。一緒に逃げていたましゅーが突然《とつぜん》足を止め、身を反転させたのだ。

「ここはわたしが引きつけるのです」

背腰から小刀を抜《ぬ》き、迎撃《げいげき》の態勢だ。でも彼女一人ではとても敵《かな》う数じゃない。ただ注意を引ければいい、ただそれだけの理由なんだと思う。そこで俺も足を止めた。

「無茶《むちゃ》だ。ここは俺に任せてましゅーはリコッタと先に逃げてくれ」

「でも……」

ましゅーが泣きそうな目で返してくる。

「何の為のレベル99だと思ってる？ 大丈夫《だいじょうぶ》だから」

俺が微笑みながら優《やさ》しく言うと彼女は頬《ほお》を赤らめながら軽く頷いた。

「でも、大変だったらいつでも助けを呼んで下さいね？」

「ああ」

こちらのことを気に掛けながら去って行くましゅーを背に、俺は考えた。

さて、どうすっか……。

大口を叩いてみたが、たとえレベル99であってもあれだけの数をソロで相手するのは結構ややこしそうだ……。

俺はステータス画面を開いた。するとさっきも確認《かくにん》した習得スキル画面に二ページ目があることに気付く。めくってみるとそこには見慣れぬスキル【瞬神速《アクセル》】のアイコン。

「これは……」

聞いたことあるぞ。非常に条件が厳しくて、サーバー内でも数人しか習得していないと言われるレアスキルの一つだ。噂《うわさ》だけで実際に存在するとは思ってもみなかった。

これならいけるかもしれない。

期待に胸震わせていたその時、正面で悲鳴が上がった。

「あ、なになにっ!?　や、やめて！　いやっ、きゃっ!?」

「くっ、この、離《はな》せ！　あっ……!?」

先刻から姫と雫の背中を突《つ》っついていたリザードマンが、鋭《するど》い爪《つめ》が生えたその無骨な手で彼女達の華奢《きやしや》な体を掴《つか》み上げ、軽々と宙に放ったのだ。

リザードマンの固有技、【プレスアタック】の態勢だ。地面に叩きつけられたプレイヤーに巨体《きよたい》を生かしたヒッププレスを食《く》らわせるえげつない技である。

さすがにアレを喰《く》らったら彼女達の残りHPも一気にゼロになる。

俺は迷わずそのアイコンを指先でタッチした。

ステータス画面が消失したと同時に、俺の体が青い炎《ほのお》のようなエフェクトに包まれ、体に満ちてくるスキルに手応《てごた》えを感じる。

「おおっ、こいつはすげぇ！　よっしゃ、いっくっぜぇぇぇぇぇっ!!」

俺は地面を力強く蹴《け》った。

その瞬間、周囲の時が止まる。というよりも、俺の方が周りより数十倍の早さで動いているらしい。いわゆる加速《かそく》能力というわけだ。超重量級《ちようじゆうりようきゆう》の鎧《よろい》も、背中にある極太《ごくぶと》の大剣《けん》【光翼の剣《ルキシスブレイド》】も機動性に関係なし。ステータス制限無視でぶっ飛ぶ。

宙に静止している雫と姫の横をかすめた直後、白銀の剣を抜刀《ばつとう》し、まるで石像のように固まったリザードマン達の合間を光が縫《ぬ》うように駆け抜ける。モンスタートレインの端《はし》で光の反射のように折り返した俺《おれ》が、再び彼女らの所まで戻ってきた時には瞬神速《アクセル》効果が消失していた。

剣を収め、空から降《ふ》ってくる二人の体を両腕《りょううで》でキャッチ。リザードマン達は時間差で輪切りになり、全《すべ》てが光の粒《つぶ》になって霧散《むさん》してゆく。

《ユーグは32匹のダークリザードマン、1匹のヘルリザードマンを倒した。収得した経験値18pt。収得したお金250G》

あれほどの数だったのに、レベルがレベルだけにちんまい経験値しか入ってこない。

「でも想像以上のスキルだな」

自分でやっておきながら感心していると、右腕《みぎうで》の中で姫がきょとんとしていた。

「えっ……えっ？　あれ？　どうなったの⁉」

彼女は何が起きたのか分からないといった様子だったが、そのうち自分が抱《だ》っこされている状態であることに気付くと、途端に赤面してポカポカと俺の胸板《むないた》を叩き始める。

「な、ななっ、なにこれ⁉　はっ、はやく、おっおお、降ろしなさいよっ！」

「暴れるなって。もうちょっと安全な所で降ろしてやるから」

「な、何言ってんのっ、はっ、恥ずかしいでしょ！」

「わーった、わかったからっ！」

俺はポカポカと鎧を叩く姫と、意外におとなしくしている雫を抱え、モンスターの徘徊《はいかい》していない安全な平地まで歩く。そこで二人を降ろしながら思った。

やっぱりゼクスはいい。オンラインならこんなにも自由に立ち振《ふ》る舞えるんだから。

「……りがと」

「え？」

姫がうつむきながら何か呟《つぶや》いていたが、小さすぎて聞き取れない。

「おっ、御礼《おれい》に、あたしの履《は》いてるソックスとか、あげなくもないわよ？　もちろんリアルでよ？　ほら、欲しいんじゃないかと思って……っていいっっったあああっ!!」

姫は頭を押《お》さえて悶《もだ》えた。雫が獣使《ビーストテイマー》い用の短笛で彼女の頭を叩いたのだ。

「なにすんのよっ!?　これ以上叩くとあんたＰＫ扱《あつか》いになるわよっ？」

「ふんっ、発言が変態過ぎだからだ。それにいつまで鼻の下を伸《の》ばしてるんだ？」

「だっ!?　だれが、そんなこと！」

姫は自分の顔に手を当てて異様に気にし始める。そんなふうに言った雫の顔も少々赤味《あかみ》が差していたのだが……それは言わないでおく。

「そもそも全部あんたのせいでしょ？」

「なに言ってるんだ？　あのままヘルリザードマンをお前が釣ってれば結果は同じだったはずだぞ？」

「う……」

まあ、どっちもどっちという感じか？

「それはそうと、いいのか？　あれは」

「「え？」」

俺は至近の地面を親指で指し示す。そこには宝箱型のアイテムボックスが転がっていた。緑色の箱はレアアイテムが中に入ってる証拠だ。どうやら倒したモンスターの中に目的のダークリザードマン（灰）も混じってたっぽい。

アイテムボックスを目にした姫はそのまま箱に飛びついた。

「え、マジで出たのっ⁉　ラッキー！」

「おやおや、卑《いや》しいメス豚《ぶた》はこれだから困る」

肩をすくめた雫が蔑《さげす》むような視線を姫に向ける。

「なによ？」

「それはまだお前のモノではないのだぞ？　ちゃんとダイスを振れ、ダイスを」

「は？　ダイス？　なにそれ？　ふざけないでよ」

《システムメッセージ》

【雫】の提案で【白うさ姫】のパーティ内キック投票開始。過半数でキック。

【リコッタ】賛成（2／4）

機械的な声が周囲に響《ひび》いた。

「ちょっ⁉ ま、まってまって‼ 分かったから、ちゃんと入札するからっ！」

「分かればいい」

雫は冷めた声で答えた。

「あとリコッタ！ あんたマジで投票してるし、ありえないしっ」

「リコッタの知らないところで卑しくせしめようとするからにゃ」

いつの間にか傍《そば》まで戻ってきていたリコッタは頬を膨らませてご立腹の様子。そこには先刻モンスターに果敢《かかん》に立ち向かおうとしたましゅーの姿もあった。

そんなましゅーに向かって俺は目配せして微笑みかける。それで「さっきはありがとう」的なニュアンスは伝わったと思うけど、なぜか彼女は恥ずかしそうに下を向いてしまった。

さてさてドロップしたアイテムが一つ、でもパーティは複数人。誰《だれ》がそのアイテムを懐《ふところ》に入れるのか？ それでもめるのはMMOでは良くある事。そんな時に役に立つのが、このダイスシステムだ。ステータス画面上の六面ダイスを振ることで一番大きな数字を出した者に獲得権《かくとくけん》が与《あた》えられるというわけ。

そんなわけでアイテムボックスの中身を賭《か》けて順番にダイス振《ふ》りが始まった。

【ましゅまろ】はダイスを振った。――――1が出た。

【リコッタ】はダイスを振った。――――2が出た。

「やたっ。ふふ、今度こそあたしに運が向いてきたわね」

低い数字にとどまっている他メンバーの結果に姫は勝利を確信したようだ。

【雫】はダイスを振った。――――6が出た。

「ちょっとぉぉぉっ‼　なに振ってんの⁉　あんたもう持ってるでしょがっ！　しかも6とか……信じらんないっ」

「そこにアイテムがある限り私は全力で挑《いど》む。文句があるなら勝ってから言うんだな」

「勝ってからって……あたしが振る意味あんの？　これ」

同じ数字が出ないシステムになっている為《ため》、やる前から結果が分かっているようなものだ。

【白うさ姫】はダイスを振った。――――5が出た。

【雫】はアイテムボックスを手に入れた。


「はあ……」

姫はがっくりと肩を落とす。その落胆《らくたん》っぷりがあまりに不憫《ふびん》だったので、俺はフォローのつもりで言ってみた。

「個人バザーで出品されてるかもしれないし、後で探してみようよ」

「……あれってモノのわりには結構値が張るのよ?」

「そ、そうなの……?」

だったらわざわざこんな所まで狩りにこないか……と今さらに思う。

「確か五万ガバスくらいだった気がするのですー」

横からましゅーがそうつけ加えてくれた。

しかしそんなふうに穏《おだ》やかに言われたら「ガバスかよっ!」と突っ込もうにも突っ込めない。ちなみにゼクスでの通貨単位は【グラン】。表記は【G】ね。

それにしても雫の奴、そんな大金よく出せたなあ……。

その雫は今、ホクホクとした様子でアイテムボックスに手を伸ばそうとしているところだった。しかし寸前のところでその手が止まる。

「背中に不穏《ふおん》な気配を感じる」

「ふっふっふー」

雫の背後で姫が不敵に笑《え》んだのだ。その手には彼女のサブウェポンである短剣《ダガー》があった。

「それはなんのつもりだ？」

「ふふっ、決まってるでしょ？　あんたがそれを開けた直後、あたしが奪《うば》うのよ。盗賊《シーフ》選んどいて良かったわー。ここでこそ略奪《スティール》スキルの出番よね」

「まったくお前らしいスキルだな。せこくて」

「はああっ？」

なんかまたいつものが始まっちゃったみたいなので、俺とましゅー、そしてリコッタは静かにその場を退散することにした。いちいちつき合ってられないからね。

《いいから早く開けなさいよ》

《うるさいな。お前に言われなくてもそうする。それより少し離れろ》

そんな声がギルドピアスから聞こえてくる。そしてすぐに――

《ちょっとこれっ……》

《まさか……》
カチッと解錠音《かいじょう》がした直後、その音に獣の咆吼《ほうこう》にも似た叫びが重なる。
《《ミ、ミミック!?》》
宝箱の蓋《ふた》がまるで生き物のように大口を開けたのが遠目からでもうかがえた。
その叫びを最後に辺りは静けさを取《と》り戻《もど》した。
どうやら二人共、お亡《な》くなりになったっぽい。
チーン。
そういえばレアアイテムボックスに擬《ぎ》態《たい》したミミックがいることを忘れてた。そんなに強いモンスターじゃないけど、彼女達の場合リザードマンから逃《に》げのびた後、回復せずにいたと思うから一撃《いちげき》でやられちゃったんだろうなーと推測。
俺の耳にあるギルドピアスが再び明滅する。
《どうすんのよこれっ！》
聞こえてきたのは死体と化した姫の声。でも同じ死体である雫はなぜだかやけに満足げ。
《盗賊《シーフ》がトラップに引《ひ》っ掛《か》かるとか、あり得ないｗｗｗｗｗｗ》
《あんたが開けたんでしょが!!》

×　×　×

◇　オフライン　◇

二人が死亡したことで今日のところはそのまま解散となり、俺はゼクスヴェルトの世界から現実に戻ってきていた。ＥＳＧを頭から外し、ベッドに寝《ね》っ転《ころ》がる。

「ふぅ」

騎士様ってのもなかなか悪くない。そんなふうに思い始めていた自分がいた。特に困ることもないし、問題も無い。このままの状態を続けてさえいれば、ポエムの存在をバラされたりすることもないのだから。ただ気になるのは俺に騎士様を無理矢理《むりやりお》押しつけてきた人物のこと。元騎士様と呼ぶと混乱するのでここはユーグとしよう。

そのユーグの目的は一体なんなんだ？　それが分からないままだと非常に不気味なままで、ぞわぞわとした気持ちが治まらない。

「……はふぅ」

今度は心労からくる溜息《ためいき》が出た。そんなところにベッド上に転がっていた携帯《けいたい》が震《ふる》えた。メールだ。そこにはあの時のアドレスがあった。

［件　名］イタダキマスタ
［差出人］ユーグ［kishisama66@motmail.co.jp］
［宛　先］慧太《けいた》［wan_U-x-U@pocomo.co.jp］
《やあ、僕《ぼく》だよ。
今日の狩りは楽しかったね。またみんなでどこかに狩りに行けたらいいねー。
あ、君と二人っきりの方が僕としてはもっといいなあ、ふふっ。
そうそう、今日はリエルの事を君に伝えようと思ってメールしたんだ。
あのね、リエルは僕が貰ったから。
彼女は僕だけのモノ。うふふっ、今回はそれを伝えたかったんだ。
じゃ、また連絡《れんらく》するよ》

相変わらずのキモメールだった。でもそれはあの男だと思っていたユーグを想像するからか？　ま、いいや。

「で、なになに……リエルは貰った？　それってどういうこと？」

なんだか嫌《いや》な予感がした俺は再びＥＳＧを頭にかぶる。

眼前は右下にローディング状態を示す表示があるだけで真っ暗な状態。だが程なくすると簡素なデザインのアカウント入力画面が表示される。そこで空中に表示されるキーボードを使ってリエルのＩＤとパスワードを入力してみた。

《パスワードが間違《まちが》っています》

「あれ？　打ち間違えたかな？」

確認するようにもう一度打ち込む。

《パスワードが間違っています》

「はい？」

間違ってるなんてことは無いと思う。パスは空でも言えるくらいに覚えてるんだから。

俺は一旦《いったん》ＥＳＧを外し、机の引き出しを開ける。

「確かこの辺に……ソフト会社から送られてきたアカウント証があったはず」

キャッシュカード大でオレンジ色のやつ。それでパスワードを確認できる。だが——

「……無い」

アカウント証が無い。

確かにこの一番上の引き出しに入れて置いたはずだ。そこから移動させた覚えはない。

でもどこを探しても、引き出しごと引っ繰《く》り返《かえ》しても、アカウント証は出てこなかった。

ちょっと頭の中を整理してみよう。

暗記してたくらいのパスワードが間違っている。そしてアカウント証が無くなっている。この二つの状況から推測できるのは、何者かがここからアカウント証を盗《ぬす》み出し、リエルのパスワードを勝手に変更《へんこう》したとしか考えられない。その犯人は考えるまでもなくユーグ。メールの中でも奴は言っていた。「リエルは僕が貰った」と。

文字通り、リエルを奪われてしまったのだ。

「マジかよ……でもなんでまたリエルなんか……」

これは代わりに騎士様をあげたんだからいいよね？　ってことなんだろうか。そりゃあレベル99のキャラとレベル27のキャラなら交換《こうかん》条件としては悪くないやーね。

あ、そうか。ユーグの目的は最初からリエルだったのか。だから黙《だま》っておいてねっていう口止め料も込み込みのつもりとか？　でもリエルは平凡《へいぼん》な装備だし、特別なにか魅力のあるものを持っているわけでもない。どこにそこまでの価値を見出《みいだ》したんだろうか？

それにしたってやりすぎじゃないかと思う。

家宅侵入《しんにゅう》の上に窃盗《せっとう》、加えて不正アクセスの疑いですよ？　これは。

首の後ろから氷を入れられたように背筋がブルッと震える。

気になるのはどうやって侵入したんだってこと。どこで見張られていて、何をされているのかまったく分からない。まるでストーカーに狙われている気分だ。

とにかく恐《こわ》すぎるので家を出る時は戸締《とじ》まりをしっかり確認しよう。
改めてそう思う俺だった。

# #04【猫な彼女が宇宙人っぽくてヤバイ】

◇ オフライン ◇

それは前置き無しの遭遇《そうぐう》だった。

朝からぐずついた天気のこの日、俺が学校から帰ってくると家の玄関前《げんかんまえ》でゴソゴソとしている不審《ふしん》な人物がいたのだ。

先日の家宅侵入の件で不安を抱いた俺は、ホームセンターでお手軽なセキュリティ強化商品を購入《こうにゅう》し、取り付けていた。玄関《げんかん》の鍵《かぎ》部分にはキーカバーを設置したので普通《ふつう》に開けるのにも一手間かかる仕組みだ。どうやら不審人物はこの前までなかったそれに苦戦しているようだ。

その不審者《ふしんしゃ》だけど、目深《まぶか》にキャップをかぶっていて見るからに怪《あや》しい。しかし体は小柄《こがら》で、セーラー服を着ており、一目ですぐに女の子だと分かる。

これにはさすがにピンとくる俺。奴が家宅侵入の犯人。そう、ユーグの正体だ。

あっさり見つけたぞ。さすがにこいつは当たりだろう。捕《つか》まえてやる！

しかしここで声を上げれば逃げられてしまいかねない。そっと塀《へい》の陰《かげ》から忍《しの》び寄《よ》り、背後から「観念しろ！」と捕まえるのが一番良い方法だろう。

でも場合が場合とはいえ、いきなり女の子に抱きつくのには抵抗《ていこう》があるし、俺の体質的にもまずい。そこで持っていた傘《かさ》の柄《え》で彼女の腕《うで》を引っ掛けて拘束《こうそく》することにした。上手《うま》いこと気づかれずに少女の背後に近づいた俺は低い姿勢で傘を構える。

そして、彼女の細腕《ほそうで》目掛《めが》けてそれを伸ばした――――はずだった。

「ひゃいいおおっ⁉」

少女は甲高《かんだか》い悲鳴と共に細い体を硬直《こうちょく》させた。なんつーか、狙いが外れて脇腹《わきばら》にヒットしてしまったらしい。

予想だにしなかったアクシデントに思わず反射的に謝《あやま》ってしまった。

「あっ、ごめんごめん！」

「な、なに⁉　ってか、ありえないっ！」

そこで激しく憤慨《ふんがい》したもんだから、彼女のかぶっていたキャップが脱《ぬ》げ落ちた。途端、中から流れ出す銀髪《ぎんぱつ》。頭上からぴょこんとアホ毛が立つ。そんな髪《かみ》色はそうそう他にはいないので間違えようがない。銀髪の合間には紅潮した見覚えのある顔があった。

「リ……リコッタ⁉」

「え⁇」

彼女は慌《あわ》てて自分の頭をぺたぺたと触《さわ》り、そこにキャップが無いことにようやく気付く。

「ほうわぁあぁぁぁぁっ⁉」

驚嘆《きょうたん》する彼女を見ながら俺は、リコッタってこんなんだったっけ？　と思いながらもオフ会の時に感じた違和感《いわかん》が今になって再熱してくる。

「あのさ……やっぱり俺、君とどこかで会ったことあると思うんだよね」

「へ⁉　そ、そんなことないにゃ！　あるわけないにゃ！　へへへ……」

突然苦笑いをし、口調も猫モードになる。思いっ切り作ってんなこれは。

「失礼」

そこで俺は一歩前へと踏《ふ》み出して、彼女の顔をまじまじと見る。

「……あっ」

吐息《といき》のような声が漏《も》れてきて、顔を赤らめたりしているが構わない。

「うーん」

唸《うな》りながら細部をじっくりとうかがう俺。

顔を構成する部品にはどこか見覚えがある。たとえばそれは遠い記憶《きおく》の中にあって、久しく見ないうちに成長遂《と》げていればこんなふうになっているだろうという感じ。

それにその制服は確かうちの学区内の中学校のものだよな？

他にもその八重歯《やえば》とか、声質とか、次第《しだい》に記憶の中のものと合致《がっち》してくる。

これはもしかして……そのもしかなのか⁉

「あの……も、もしかして……お前……理央《りお》なのか？」

「は、はい⁉　理央？　だっ、誰にゃん？　それ」

口では否定しているが、見た目からは明らかに動揺《どうよう》が伝わってくる。間違いないだろう。

やはりオフ会で得た違和感には意味があったのだ。

「お前だ、お前！　鷺宮《さぎみや》理央、俺の妹だろ？」

「おかしな妄想《もうそう》で勝手に妹にしにゃいで欲《ほ》しいにゃ」

「ほほう、そうくるか」

一度心を落ち着かせた後、唐突《とうとつ》に彼女の腕を掴む。

「ちょっとお兄ちゃんと話をしようか」

「ふぇ⁉　ちょっ、ちょっと⁉　いやっ、離して！」

俺は嫌がるリコッタ（理央）の腕を引っ張って、家の中へと連れ込んだ。

×　　×　　×

数分後、俺はリコッタ……いや理央と家のリビングで対峙《たいじ》していた。

実の妹の顔すら判別できないなんて兄として失格だ。というか、髪型《かみがた》だけでなく、表情や仕草、口調も俺が知っている理央と全然違《ちが》うし、化粧《けしょう》の仕方で女はどんなふうにも変身できるって言うし、意外と分かんないもんなんだよ？　それに最近じゃまともに顔を合わせることも少なくなってたし、と言い訳してみる。

「俺も気づかなかったのはどうなんだって感じだが……それにしてもなんでそんな格好してんだ？　お前」

「にゃにゃ？　なんのことかにゃ？　騎士様の言ってることはリコッタには分からないにゃ」

「……」

猫手を作って可愛さをアピールする彼女に俺は頭を抱《かか》えた。確かに、ちょっと可愛いかもとか思っちゃったりしたのは正直な話だが、素直《すなお》に萌《も》えることができない。

「よーし、そうくるなら俺にも考えがあるぞ」

俺は思い切って彼女のアホ毛を掴んで引っ張った。

「ええい、その化けの皮、剥《は》いでくれるわっ！」

「あいいいいぃっ⁉」

直後に上がる悲鳴。

「地毛……だと⁉」

痛がる姿に俺は手を離さざるを得なかった。だが納得《なっとく》できないながらも彼女が理央であることは確かだ。

「あのなぁ……どういうつもりかは分からないが、俺は正直驚《おどろ》いている。理央のまた違った一面を見せられてな。でもな、こんなことしてからかうのはよしてくれないか？　そりゃあ俺は、お前から見たら駄目《だめ》な兄なんだろうけど、こーゆうふうな形で馬鹿《ばか》にするやり方は正直さすがの俺でもへこむからさー」

「だからさっきから言ってる理央って誰にゃ？　騎士様はなんでへこんでるんだにゃ？」

「お前まだそんなことを……いい加減にしないとお兄ちゃん本気で怒るぞ？」

こっちは最後通牒《つうちょう》のつもりで言ったはずなのに、彼女の表情は意外にも晴れやかになった。

「ふふん♪　何の事だかさっぱりにゃん。前にも言った通り、リコッタはニャニャ星出身のニャニャ星人にゃりよ？」

我《わ》が妹はイタコの才能でもあったの？　宇宙人の魂《たましい》が降霊《こうれい》しちゃった？　それとも頭が

大変なことになってしまったのか⁇　しかしまあ、こんなことを続けてて良いわけが無い。さっきも予告した通り、俺は本気で怒ることにした。

「そっちがそういうつもりならば俺にも考えがある。これ以上続けるというのなら、お前とは兄妹《きょうだい》の縁《えん》を切る！」

「えっ♪　ほんとにゃ？」

「なんで嬉《うれ》しそうなんだよ！」

「だってー、そうしたら兄妹とか気にしないで騎士様とイチャイチャできるにゃん♪」

「は⁇　な・ん・で・す・と⁉　それと今、さり気なーく理央＝リコッタを認めちゃっただろ！」

「うふふふふふふふふふ……ふぅーっ、ふうーっ」

「なんだよ、その不気味な笑いと猷めいた息遣《いきづか》いは！」

「これからの騎士様とのめくるめくイチャラブ生活を想像して、悦《えつ》に入っていたのにゃ」

「入らなくていいから！　何考えてんだ！」

「色々考えてるにゃ。たとえば子供は最低でも五人欲しいとかそんなこと」

「おまっ、自分で言っておかしいことに気づいてないのか！　俺達《おれたち》は血の繋《つな》がった兄妹だぞ？　そんなこと言い出すなら縁は戻す！　即座《そくざ》に戻す！」

「うえええええええええっ!?」

「驚きすぎだ!」

俺はこいつが何を考えているのか、まったく分からない。

「そもそもなんで急にそんな格好したり、おかしな言動になってんの? 俺の知ってる理央はそんなんじゃなかった気がするぞ? というか最近は久しく会ってなかったけどさ……少なくとも昔はそんなふうじゃなかったはずだ」

「だ……だって……うぅ」

「え? へ?」

そこで突然、彼女《かのじょ》は涙《なみだ》ぐみ始めた。それには俺も大困惑《だいこんわく》。なんかまずいこと言っちゃったろうか?

「だって……うぅ……そうしないといけないんだもん……そうしないと……ぐすん……」

「ああ……俺なんか気に障《さわ》ること言った? ……ご、ごめん」

ふるふると彼女は涙を拭《ぬぐ》いながら首を横に振る。

「リコッタは、お兄ちゃんのことが好きなんだもん……。この気持ちは本当。でも実の兄と妹の関係でそれはまずいんじゃないかって……そう思って。でも、毎日顔を合わせていたらこの気持ちを抑《おさ》えることなんてできないっ。だから家から距離《きょり》を取ることにしたの。

だけど……」

　少しだけ言《い》い淀《よど》む。

「だけど？」

「つい最近、我慢《がまん》しなくてもいい理由ができたの。えへへ」

「理由ってなんだよ、理由って」

「だからリコッタって、呼んでくれる？」

「だから……っておいっ、気になるじゃねーか！　理由って何だよ、訳をちゃんと……」

「……呼んでくれる？」

「う……」

　鼻の頭を赤くして、涙で潤《うる》む瞳《ひとみ》で見詰められると何も言えなくなってしまう。

　不本意ながらここはこの話に乗ってあげた方がいいのかな……？

　まあ……これもいい機会かもしれない。最近ではあんまり会話することが無くなってしまった兄妹間の溝《みぞ》を僅《わず》かでも埋《う》めることができるかもしれないしな。

「ええと……リコッタはニャニャ星出身のニャニャ星人ってやつだよ……な？」

「そうにゃ」

　なんという無茶ぶり名称《めいしょう》と設定だと思ったが、理央……いや、今はリコッタと呼ぼう。

そのリコッタは理解してくれて嬉しい！　という感情を全身で表していた。彼女に仮にオンラインと同様の尻尾《しっぽ》があったのなら喜びに揺れていることだろう。

「でもなんで宇宙人じゃなきゃいけないんだ？」

「だってそうしないと……お兄ちゃん受け入れてくれないでしょ？」

「はい？」

俺は語尾《ごび》を上げて聞き返した。

「実の妹設定じゃ、ためらいなく押し倒《たお》してくれないでしょ？」

「はあぁぁぁぁっ⁉　押し倒すかボケェ！　それと妹は設定じゃねえ！　事実だ！　あと宇宙人でも押し倒さねえっ！」

「騎士様は三次元女子より二次元の方が興味がありそうにゃので、それくらいエキセントリックな方が受けがいいと思ったにゃりよ」

俺はお前の頭の中の方がエキセントリックだと思うぞ。

と、そこでリコッタはゆっくりとソファーから立ち上がったと思いきや、そのまま俺の隣《となり》へと座《すわ》ってくる。それだけならまだしも、俺の腕に絡《から》みつき、小さな頭を肩《かた》に預けてきたのだ。

「お、おいっ……なんのつもりだ？」

「愛情表現にゃ」

「あいっ⁉」

リコッタはそのまま身をすり寄せてくる。まるで甘《あま》える猫《ねこ》みたいに。

「なっ、何考えてんだ！　俺達は……」

「リコッタと騎士様。なんの問題もにゃいにゃ」

「いや、まずいだろこれは！　現実を直視しろ！」

「だったらリコッタ達《たち》は血の繋がらない義理の兄妹ってことで落ち着けるにゃ」

「義理って……そういう設定の間違いだろ！　落ち着けねえよ‼　ってか、やっ、やめっ……」

「うふ、うふふふふふ……」

リコッタは俺の膝《ひざ》の上に乗り、紅潮させた顔を近づけてきた。

「てか、ちょっ、これはヤバイって！　セーラー服の襟元《えりもと》からチラ見えする鎖骨《さこつ》のくぼみがかなりヤバイ！」

「別に好きなだけ見てもいいにゃりよ」

何か問題でも？　というような顔で襟元を引っ張って見せる。そのうちに目の前の彼女は理央ではなくて、本当にリコッタという義妹《ぎまい》じゃないのか？　そうとさえ思えてきてしまう。銀髪の一房《ひとふさ》が俺の鼻先をかすめて、ほのかな香《かお》りを放つ。

そういえば前々から感じていたことがある。彼女だけは俺と父母の三人と同じ遺伝子を受《う》け継《つ》いでいるとは思えない全く別種の顔立ちをしていた。もしもリコッタが本当に義理の妹なんてことがあったら……

いや、そんなわけない！　あるわけない！　同時に体の芯《しん》を突き抜けるあの感覚が近づいてきているのが分かる。このままじゃ、また…………まずい！

「ちょっと待ったーっ!!」

俺はリコッタを押し退《の》けて立ち上がった。突然のことに彼女はきょとんとしていたが、その後のことは俺も考えてなかったので一緒にぽかーんとしてしまう。

なんとなく気まずい雰囲気《ふんいき》になってしまい、どうしようかと考えた。

「あ、そうだ。アイスでも食べる？　今日、暑いしね。ははは……」

情けないことにそんなことぐらいしか思いつかなかった。

とにかく冷蔵庫にパピコ（ホワイトサワー味）を取りに行く。目的のものを冷凍室《れいとうしつ》からゲットしたらさくっと戻り、リコッタの前で半分に割って片方を差し出《だ》した。

「はいこれ」

「……あ、ありがとにゃ」

彼女は恥《は》ずかしそうにしながらも素直に受け取ってくれた。

安心した俺は自分の手に残った方の先っぽを千切り、中身をちゅっちゅっと吸い始める。

そういえば昔もこうやって二人で分け合って食べたなーなんて思い出しながら。で、必ず理央はそいつを自分の力で開けられなく……って？

「むむむっ、うぅっ……」

息むような声がしたと思ったら、やはりパピコと格闘《かくとう》している彼女がいた。変わってないなあ……。

「貸してみな。開けてやるよ」

「自分でできるよっ」

見事な意地っ張り。しかも素に戻ってるし。そんな性格が災いして——

「ああっ、そんな強く握《にぎ》ったままやっちゃダメだって！」

「だ、大丈夫、へーきへーき……ってひゃっ⁉」

ぶびゅっ
残り少なくなったマヨネーズが出す音みたいなのと一緒に中身が大噴射。

いわんこっちゃない。

「ちゅめたーい……」

リコッタは頭からそいつを全身に浴びてしまって涙目状態。

ドジなところは変わらないままだな。

「ちょっとそのままにしてろ。今、タオル持ってくるから」

俺はべちょべちょになった彼女を置いて風呂場《ふろば》に向かう。でもそこには俺と両親のものしかなかったし、タンスの中を探しても手頃《てごろ》なものが見つからず手間取ってしまった。やっとのことで新品のタオルを見つけてリビングに戻ってみると、

「あれ？」

リコッタの姿が消えていた。

代わりに二階の方でゴソゴソと音がする。俺がもたもたしてたから、その間に移動したのだろう。気になって行ってみると、やはり理央の部屋から音が聞こえる。

「そこにいるのか？　タオル持ってきたぞ」

そう言って俺は何気なくドアを開けただけだったのだが、その行為《こうい》があまりに無頓着《むとんちゃく》すぎた。仮にもここは女子中学生の部屋である。だからそういった類《たぐい》のアクシデントがあるのは容易に予測できていたはずなのに、俺は失敗した。

そりゃ汚《よご》れたんだから着替《きが》えようとするのは当然だよね。

大きく全開されたドアの向こうでは今まさにその最中である理央がいた。

なぜに下から脱ぐのかと疑問に思ったり、そこにあるネコちゃんのバックプリントが目に入ってきたり、その辺のチョイスはやっぱりまだあの頃《ころ》の理央なんだなーとノスタルジーに浸《ひた》ったりしていると、猫耳カチューシャを手にしながらぼんやりとした表情を浮《う》かべていた彼女も、いい加減現実を直視し始めたようでみるみるうちに顔が真っ赤に染まってゆく。

「……っ⁉」

彼女が何か言おうとしているのは分かったが、それよりも俺の意識が途絶《とだ》える方が早かった。

# #05【紅茶の雫から闇《やみ》の香りがしてヤバイ】

◇ オフライン ◇

あれからどんな心境の変化があったのか、リコッタ（理央《りお》）は突然家に戻ってきて一緒に住むようになった。しかしながらユーグのことは問《と》い質《ただ》せないまま数日が過ぎてしまっていた。話題をゼクスのことに移すと途端《とたん》に口をつぐんでしまうんだから仕方がない。

それにしても彼女のやろうとしていることが分からない。一体どうゆうつもりなんだろうか？

そんな事件があっても地球はご苦労さんと言わんばかりに休み無く周り続けているわけで、強制的に週末という日がやってきていた。

俺は土日だけ喫茶店《きっさてん》でバイトをしている。ゼクス関連の課金とかが給料の主な使い道だが、他にもアニメとかゲームとかマンガとか夏冬恒例《こうれい》のお祭りイベント資金とか、オタにはなにかと欲しいものは多々あるわけで、小遣《こづか》いだけでは賄《まかな》いきれないのが現状だ。

いつものように家を出た俺は近くの商店街に向かう。バイト先の喫茶店がそこにあるからだ。これが駅前とかのお店ならとても忙《いそが》しくて死ねそうだが、俺のバイト先はせいぜい普段《ふだん》何してんの？　と言いたくなるような近所のおじちゃん、おばちゃん連中がたまり場にしている場所。常連さんのみで成り立っている店なので仕事はかなり楽だ。これで時給がもうちょい高ければ……と思うのだが、その辺は贅沢《ぜいたく》言ってられない。

少々古ぼけたビルの一階。そこに【喫茶ロープレ】はあった。

「ちーす」

入口のドアを開けるとレトロな雰囲気を漂《ただよ》わせるドアベルが鳴《な》り響いた。店内も同様にだいぶ年季が入った感じのお店だけど、この落ち着いた趣《おもむ》きは悪くはない。

この店は、店主がちまちまと貯《た》めてきた資金で長々と空き屋になっていた中古店舗《てんぽ》を買い上げて開業したらしい。その際、特に改装とかで手を入れたわけじゃないので、前の店そのままの内装らしいけど、それが逆に良い風情《ふぜい》を醸《かも》し出しているのだと思う。

「おっ、来たか少年」

店に入るや否《いな》や、飴色《あめいろ》の木製カウンターの奥《おく》で仕込みをしていた女性が顔を上げて、待ってましたと言わんばかりにニヤついた笑みを漏らした。

彼女はこの店の店主で俺はマスターと呼んでいる。ここに勤めてだいぶ経《た》つが未《いま》だに本名を知らない。向こうも向こうで少年としか呼ばないからお互《たが》い様《さま》といえばそう。

よくそんなんで雇《やと》ってもらってると思うよ、ほんと。

マスターは長い髪を後ろで結《ゆ》うポニーテールが日常の姿。それはそれで似合っていていいのだが、問題はそれをしている中身にあると思う。二十八歳《さい》独身。年齢《ねんれい》よりも若く見えるし、スタイルもすごくいい。大人の女性って感じ。顔も普通に美人なんだけど……とそこまで言えば最高の職場のように思えるが、実際そうでもない。彼女からはまったくもって女を感じないのだ。俺の特異体質も実際反応しないしね。原因はそのさばさばとした男っぽい性格にあると思う。なんというかガサツすぎるのだ。今だって、すでに何かを企《たくら》んでいる様子がうかがえる。

「なんすか、その目は」

「いやなにって、わかってるクセに」

そう言って頬杖《ほおづえ》を突いてニタニタとこちらを見ている。

「分かりませんね。全然、分からない」

「人は理不尽《りふじん》な事も納得して生きて行かなければならない時もあるのよ？　たとえば【ズノギアス】のディスク２みたいにね」

「あんたの理不尽は毎日じゃないですか！　あと、何でもゲームにたとえる癖《くせ》をやめてもらえますか？」

「なによー、ズノはそれでも名作よ？」

「そこは聞いてないですから！　名作なのは認めますけど」

「そう、ならOKじゃない」

　何がOKなんだ！　と思っていたら、すでに彼女は着ていたエプロンを脱いでいた。それがそのまま俺の頭からかぶせられる。妙《みょう》に温《ぬく》もりと香りが残っているところがちょこっと気になる。

「はい、お願い」

「お願いって……ちょっと！」

　俺はすでに店の奥に引っ込もうとしていたマスターを呼び止める。

「またですか？」

「いいじゃない。仕込みは終わってるし、お客はいつも通り。一人で回せるし、問題は何もない」

「大ありですよ。店主が店サボってどーすんすか」

「私はね、いかに働かないで生きるかってのに人生賭けてんの！」

「そんなこと堂々と言われても、どうかと思いますよ？」

「どうせ少年は家にいてもゼクスしかやってないんでしょ？　だったら外に出た時くらい

健全に仕事なさいな」

「俺、普段は普通に学生やってんすけど！」

「はいはい学生ねえ。どうせ青春のセの字も無いようなときめきの無い学生生活送ってるんでしょ。だったら働いてたほうがましだわ」

「理由になってねえ！　てかあんたに言われたくねえ！」

「青春が足りないのなら【めきめきメモリアル】でも貸してあげるわよ？　二泊《はく》三日千円で」

「い・り・ま・せ・ん！　ってか、たけぇーよ！」

「じゃ、そういうことで」

「どういうことだ！」

俺の怒《いか》りのリミッターが外れかかったことなど露《つゆ》知らず、彼女はさっさと奥の座《ざ》敷《しき》に上がり込んでPCなんぞの前でなにか始めやがった。どうせ今からゲーム三昧なんだろう。

俺なんかよりずっと広範囲《こうはんい》に色々なオンラインゲームに手を出しているみたいだから。

往年の名作RPGから最新のMMORPGに至るまで、自称《じしよう》RPG狂《きよう》らしいからあの店名も頷《うなず》ける。一度座《ざ》敷《しき》をのぞかせてもらったことがあるが、歴代ハードとレトロゲーが山ほど置いてあって、どんだけ!?　って思った。

「ちょっとマスター？」

俺はむかついた勢いで古ぼけた引き戸を開けて奥座敷《おくざしき》に顔を突っ込んだ。と、そこにはすでにＥＳＧを頭にかぶったマスターがいて、ＰＣモニターにはギャラリー用のモニタリング画面が表示されていた。

画面上には彼女の自キャラらしきものが今まさにログインしようとしている所で……

「少年⁉　い、今こっち来ちゃダメだって！」

「えっ？　ちょっ、あ……」

俺の気配を悟《さと》った彼女は大慌《おおあわ》てでＥＳＧを外し、両手で押し退けるように俺をそこから締《し》め出す。引き戸がぴしゃんと音を立てた。

「なんだよもう……」

でもモニターに映ってたのゼクスだよな？　そういやマスターのキャラって見たことないけど、どんな感じなんだろ？　そう思ってかなり後悔《こうかい》。オンライン上でまでマスターと顔合わせるなんて想像するだけでも勘弁《かんべん》。

というわけで見ての通り、ここのマスターは重度のゲーオタ＋酷《ひど》いサボりグセがある。

俺がバイトの時はほとんど店頭に立ったことは無いってんだから異常だ。この腐《くさ》れ店主《てんしゅ》め。

だがある一点にだけ関して感謝していることがある。それはゼクスの存在を知った切っ掛けがマスターだったから。彼女の見せてくれたメルルーナちゃんのスクリーンショットに一目《ひとめ》惚《ぼ》れしちゃった俺は、その日の内にバイト代前借りしてESGを買いに走ったのだ。

まあ、それくらいの恩はある。

「ちっ、しゃーない……」

俺は諦《あきら》めてカウンター内で食材のチェックを始める。

店内には客は無し。やってきても常連さんのみ。こんなうらぶれた店に新規のお客なんてそうそうやってこないし、常連さんのほとんどが毎度同じメニューしか頼《たの》まないから顔を見るだけで注文を聞かずとも品を出すことができる。

まあこんな具合だからこそ、俺一人でも十分営業できるんだけど。

「さて、サンドウィッチ用の野菜でも切っとくか」

そう思って包丁を手にした時だった。

カラランと入口の鐘《かね》が鳴った。

「いらっしゃいませー」

やってきたのは繊弱《せんじゃく》な体つきと、腰《こし》より長いストレートの黒髪《くろかみ》が目を惹《ひ》く小柄な少女。

彼女ももちろん、ここの常連だ。前々からかなり綺麗《きれい》な子だなあとは思っていたが、客と店員じゃ接点はそれまで。ルーチンワークのように決まった接客をするだけだ。

窓際《まどぎわ》の席に座った少女のもとへオーダーを取りに行く。注文はいつものやつだろうけど一応。

横で俺が伺《うかが》いを立てる前に彼女はテーブル上を指先でコンコンと叩《たた》いた。

そう、これが彼女の注文方法だった。ご所望《しょもう》の物はいつもの通り——

「ロイヤルミルクティーですね？　少々お待ち下さい」

そう言ってカウンター内に戻ろうとした俺の背中に再びテーブルを叩く音が響いた。

なんだ間違ってた？　それとも今日は違うの頼むの？

焦《あせ》って振り向《む》いた所にあったのは、

『＋チョコチップスコーン』

「はあはあなるほど、今日はチョコチップスコーンを追加ですね……ってこれはまさか？」

カウンター上に立てられたホワイトボード。その白い四角の存在を忘れるわけがない。

「お前……雫《しずく》？」

彼女は遠慮《えんりょ》がちにコクリと頷いた。

確かに良く見ればそこにはオフ会の時と同じ淡《あわ》い表情があった。ただあの時と違って頭にはフードが無かったし、服装もゴロチュウの着ぐるみパジャマじゃなくて普通のブラウスとスカートだったからまったく分からなかった。

「ずっと前から常連だったってことか……？　気づかなかった……」

『他人に興味が無い証拠《しょうこ》』

「そういうわけじゃないと思うんだよ。これでも俺って半径数メートルのパーソナルスペースにリアル女子が入ることには結構過敏《かびん》なんだよ？」

『その割りにはエロい』

「エロくねえ！」

ったく、表面上はいじらしい少女に見えるが、中身はやっぱりオンラインの雫だな。

苛《いら》立《だ》っていると、テーブル上に新たな言葉が置かれていた。

『Milk tea wo hayaku!』

「はいはい。って、読みにくいＹｏ！」

俺はカウンター内へと戻り、せっせと注文の品を用意して、それ持って再び雫のもとへと足を運ぶ。彼女の前にカップと皿を置いてやると、

『座れば？』

と、向かい側の席を照《て》れ臭《くさ》そうに視線で指し示してきた。

「いや一応これでも仕事中だし」

雫は黒板消しみたいなイレイザーで語尾を削《けず》る。

『座れ』

「ったく……はいはい、座らせていただきますよ」

エプロン姿のまま思わず向かい側に座ってしまった俺。思いっ切り営業時間内だが店内は俺達以外誰《だれ》もいないし、まあ誰か来てもすぐに対応できるから別に大丈夫《だいじょうぶ》かと考え至る。

早速彼女《さっそくかのじょ》は、ミルクティーに埋め立《た》て地《ち》でも作ってんじゃないかと思われるほどの大量の砂糖をぶち込み、その上甘々なチョコチップスコーンを頬張《ほおば》る。もう甘党《あまとう》を通《とお》り越《こ》して、血液自体がシロップでできてるんじゃないかとさえ思え始めてきた。あーまーいーぞーって叫《さけ》びながら口から光が出るレベルだ。

こいつは一体どこの砂糖の国で生きてやがんだ？　シュガートピアですか？

そういえばオフ会の時も極甘《ごくあま》ミルクティーを飲んでたな。あの時から気付く要素は少なからずあったわけだ。

「にしても、オフ会の時はなんであんな格好だったんだ？　ゴロチュウも似合ってたけどさ、こっちの方がよっぽど……ん？」

見れば向かいの席で雫がモジモジと体をくねらせていた。顔は火照《ほて》った感じで恥ずかしそうにしている。

『よっぽど？』

「え？　……よっぽど、かわいい……かなあと」

そこで雫は再び体をくねらせる。もしかして……喜んでる??

しばらくそうしていた後、彼女はゴロチュウパジャマについて説明を始めた。

『あれは対魔装束《アンチダークマテリアル》』

「は？」

雫は頭に何か湧《わ》いたんじゃないかと思える単語を吐《は》いた。おかしなルビついてるしな。

『下界の闇は私の体を浸食《しんしょく》するので』

「どんな中二病設定だ。天界にでも住んでいるのか、お前は」

冗談《じょうだん》のつもりで言ったのだが、彼女は天井《てんじょう》をそっと指差し、

『この上に住んでいる』

と言った。ほんの僅かな思考の後、答えに行き当たる。

「この上って……ああ、そういやこの店の上はマンションになってたな……って、そこに住んでるのか⁉」

雫はコクコクと頷く。

まさかこんな近くに彼女の家があろうとは思わなかった。自宅からでも徒歩で十分程度の距離じゃないか。

「で、ここではそのアンチダーク……なんとやらをしてなくても平気なのか？」

『経緯《けいい》座標の誤差は修正範囲内《はんいない》。よってこの店は我が結界の有効領域内にある』

「ほう」

適当に納得したフリをしておきながら、この電波っぷりはどうなのかと思い始めていた。

「それにしても、最初から面識があったのならオフ会の時に言ってくれたら良かったのに」

『変質者に不用意に身元を明かせば、襲《おそ》われる危険性有り』

「誰が変質者かっ！」

『→』

「それはいちいち書かなくてもいいだろ。指差しゃあいいんだし、ってか差されても困るけど」

『↓』

「どこ向けてんだよっ!?　それは俺の……ええい、やめいっ！」

俺はうざくなってテーブル下にある雫の手からボードを取り上げた。

でも、その行為が俺の心を締めつけた。取り上げた途端、まるで玩具《おもちゃ》を取り上げられた子供のように彼女の顔が哀《かな》しみに包まれたように見えたのだ。

「わ……悪かったよ。か、返すから、ほら……」

『↓』

「うおいっ！」

少しでも同情した俺がアホだった。

「そもそもなんでこんなもん使ってんだ？」

『闇の者に言霊《ことだま》を奪われぬ為』

「ほう、そりゃ大変だ。じゃ俺はそろそろ仕事に戻るよ」

これ以上つき合ってられないので俺はトレイを持って立ち上がった。だが彼女がそんな簡単に解放してくれるはずもない。

『酌《しゃく》をしていけ』

「当店ではそういうサービスはいたしておりません」

『キッチンに行ってアッサムをティーポットで持ってこい』

「飲んだくれた親父《おやじ》がくだを巻いて注文しているふうに言っても紅茶は紅茶だからな」

『このミルクティー虫入ってるんだけど？』

「入ってないから！　変な言いがかりつけんでくれ」

なんなんだ？　俺をそこまでしてここに引き止めたいのか？

「あのな、ひまそぉーっに見えても俺はこれで仕事中なわけ。さっきも言ったと思うよ？

ん？　ななに……」

『なら仕事をあげる♪』

「なんだよ仕事って」

　雫はそこでテーブルに置いてあるPOPを指差した。そこには「当店自慢《じまん》！　手作りフルーツケーキ　二五〇円」が写真つきで紹介《しょうかい》されていた。紅茶に良く合うイギリス伝統菓《が》子《し》の代表みたいなもんだ。

『本当に手作り？』

　ボード越《ご》しの雫はモジモジと恥じらいを見せている。

「ああ、そうだけど？　普通は喫茶店のそういったサイドメニューは他の所からの仕入れ品が多いんだけど、そのフルーツケーキだけはうちで作ってる。かなり美味《おい》しいし、オススメではあるな」

『騎士様が作った？』

「基本的にはマスターだけど、俺も中に入れる材料を切ったり、粉振《ふ》るったり、混ぜたり、部分的には手伝ってるから、半分は俺が作ったとも言えるな。それがどうかしたか？」

『ではこれを一つ』

「え？　ああ、注文ね」

なら最初からそう言やいいのに、回りくどいったらありゃしない。

「それとお前、口にチョコついてんぞ」

俺は去り際《ぎわ》にそう言った。そこでテーブル上に用意されている紙ナプキンを手にした彼女だったが、さっきから見当違《けんとうちが》いな場所を拭いている。意外と鈍《どん》くさいのか？

「ここだ、ここ！」

俺は自分の口元を指差し教えるが、一向にその場所に辿《たど》り着《つ》けない。

「もしかしてわざとか？」

『取って』

そう言って彼女は顔を紅潮させながら唇《くちびる》を突《つ》き出してきた。言葉は積極的なクセして、体は雛鳥《ひなどり》のように震えている。

「なんで俺が」

『取って』

「知ってるだろ？　俺がどんだけ純情少年かを」

『変態少年の間違い？』

「ちゃうわ！」

分かった。これは俺に三次元耐性《たいせい》が無いことを知っての嫌がらせだな？　こいつならやりかねん。なら、屈《くっ》するわけにはいかないな。

「よ、よし……そこまで言うのなら、やってやろうじゃないか」

俺は震える手で雫からナプキンを奪《うば》い取り、そっと彼女の唇に押《お》し当《あ》てた。

なんだこりゃ……!?

柔《やわ》らかい感触《かんしょく》が紙一枚を通して指先に伝わってくる。

ああ……こいつはやべえ、厳密には触《ふ》れてはいないけど、かなりやべえ。早くなんとかしないと……。

俺は手早く汚れを拭いて、善からぬ感覚が込み上げてくる前に手を引いた。

「ふぅ……」

なんとか耐《た》えたぞ。これはもしかして進歩か？

『ご苦労』

「ああ、どうも……」

俺がそういうと、彼女は逃《に》げるように顔をテーブルに伏《ふ》せてしまった。長い髪から飛び出た耳はサクランボのように赤く染まっていた。

それをやれやれと見ながら俺は仕事に戻った。

それからいつものように滞《とどこお》りなく仕事をし、バイト終了《しゅうりょう》の時間がやって来たのだが……。

「少年」

閉店間際《まぎわ》になってようやく店内に戻ってきたマスターが俺を呼んだ。

「なんすか？」

「片づけはいいから、もう帰りな」

「えっ、いいんですか？」

「少年にはあの子を送っていくっていう重大な任務があるっしょ？」

「あの子？」

マスターは窓際の席を視線で示した。そこにはテーブルの上でぐっすりと眠《ねむ》りこけている雫の姿があった。

「なんだか酔《よ》いつぶれてるみたい」

「酔い……つぶれ？」

なんで？　どうして？　ここはいつから居酒屋になったんだ？

俺は寝《ね》ている彼女のもとへと行ってみると、確かに顔はほんのり赤く、いい具合に出来上がっていた。

「もしかしてこれは……」

「そのもしか、だね」

考えられる原因はテーブル上の空き皿。正確にはその上にのっていたはずのフルーツケーキ。

「あれにはリキュールがたーっぷり入ってるからねえ」

「だからって、こんなふうになるほどじゃないでしょ！」

「まあね。でも実際そうなっちゃってるみたいだし、頼むよ少年」

「はい？」

「知り合いなんでしょ？」

「いや、まあ……知り合いちゃあ、知り合いですが……」

「じゃあ、決まりだ」

「決まりって、勝手に……ぐわっ」

突然《とつぜん》マスターが俺の荷物を投げつけてきた。いつの間に持ってきたんだ⁇

「いくら私でもそこまで野暮《やぼ》なことはしたくないんでね」

マスターは瞼《まぶた》を閉じ、感慨深《かんがいぶか》く首を縦に振っていた。

「なに言ってんすか！」

俺《おれ》は考えた。実際このままここに雫を置いていくわけにもいかないし……家まで送るって言ってもこのすぐ上のオンボロマンションらしいし、それなら……。

「わかりましたよ……」

了承《りようしよう》した俺をマスターは物凄《ものすご》くニヤニヤした顔で見ていた。

といっても、どうやって彼女を連れて帰ろう。肩を揺《ゆ》すって起こす努力をしてみたが、まったくその気配がない。これはもう背負《せお》っていくしか方法はないが、女の子をおんぶした経験なんて無いから、どうやったらこの柔らかそうな生き物を運べるのかが思いつかない。しかも下手に接触《せつしよく》したらアレがまた来たりしちゃうかもしれない。

うーん……どうしよう。

そうだ!

意外にも早くにひらめいた。背中に背負っているのは岩か何かと思えばいい。顔は前を向いているのだし、視覚的な刺激《しげき》は無いはずだ。俺は意を決して雫を背負うことにした。

「よし……」

こちらの苦労も知らずスヤスヤといい気持ちで寝ている彼女に背を向ける。後ろに向かって手を伸《の》ばし、まずは体を支え……

「はうっ……!?」

思いの外柔らかい。というかこんなの岩じゃない！　予定変更《へんこう》、これは……そう、大きな袋《ふくろ》に入った水だ。そう水。それなら大丈夫。いい匂《にお》いがするけど多分どこかで初夏の花でも咲《さ》いているのだろうと自分に言い聞かせる。

思い切ってそのまま全《すべ》てを背負い込む。なんか、ほんのささやかだけれど、他とは違う柔らかさを持った二つの膨《ふく》らみが背中に当たる。けど気にしちゃいけない。

なんとか彼女の体を背負うと店の出口へと向かう。そんな俺に向かってマスターが一言。

「少年、明日の朝、赤飯炊《た》いて持ってこうか？」

「なんの祝い事ですかっ！」

マスターのひやかしを背に受けながら店を出た俺は、そのまま建物脇《わき》の階段へと向かう。

このビルは五階建ての建物だがエレベーターは無いようだった。オンボロめ。

そういや、こいつんち何号室だか知らないぞ。

階段脇のポストをざっと見てみると、【綾羽梓月《あやはねしずく》】という名前を発見。本名なんて知らないが他にそれらしい名前も無いし、名前の横にゼクスヴェルトの販促《はんそく》シールが貼《は》ってあったので、そこなんじゃないかと勝手に推測する。

「五〇二とか、よりによって一番上かよ」

俺はやれやれと階段を上りながら色々と考える。雫って本名だったのか？　とか。

ポストに本人の名前しか貼ってないってことは一人暮らしなのか？　とか。

そんなことを考えながら最上階に着いた頃には相当息が切れていた。

五〇二号室に明かりは点《つ》いていなかった。チャイムを押しても中から反応は無い。鍵《かぎ》もまた当然のようにかかっていた。

「どうすんだよ、これ……」

しばしドアの前で呆然《ぼうぜん》とする。だがすぐに思い当たって、俺は雫をおぶったまま片手で彼女の腰の辺りを探《さぐ》ってみた。

「……はうっ!?」

やばいくらいに柔らかい。ここで彼女に目を覚まされたら途轍《とてつ》もなくまずい状況《じょうきょう》だが、そうするより他はない。でも運良くスカートのポケットから早々に鍵が見つかった。

ありがたい！　俺はそいつで早速《さっそく》、ドアを開けた。

「おじゃまします……よ？」

中は真っ暗ってほどじゃなく、うっすらと何かに照らされていた。それに誘《さそ》われるように室内に進むと、その光源の正体は大量に置かれていたＰＣモニターの画面から発せられる明かりだった。

「なんだって、こんなにたくさん……」

俺だってPCはゼクス用のメイン一台しか持ってないってのに、この数はなんだ？　ラック上の電源の明かりを数えてみてもざっと十台は軽くありそうだった。

とりあえず今はそんなことより背中の水袋をなんとか置かないといけない。

片手で明かりを点けるとはっきりと室内の様子が浮かび上《あ》がる。部屋は六畳《じょう》程度のワンルーム。その半分をPCラックが占有《せんゆう》していて、残り半分はベッドだった。女子の部屋といえばもっとピンキーなイメージを持っていたから、この無味《むみ》乾燥《かんそう》な室内に少々戸惑《とまど》う。でも壁《かべ》にはあのゴロチュウがハンガーに掛《か》かっていたから間違《まちが》いなくここは雫の家だ。

俺は早速、一緒《いっしょ》に持ってきていたホワイトボードをベッドの上に放《ほう》り出し、そこに腰掛《こしか》けつつ背中のものを降ろす。

スプリングが軋《きし》む音を立てて、生々しいものがシーツの上に転がった。

俺はぎょっとした。ずっと水袋だと念じてきたモノが、ここで現実に引《ひ》き戻《もど》されたから。目の前でスヤスヤと眠る少女が今まで俺の背中にのっていたと思えば思うほど、体の芯が熱くなってくる。そっと彼女の顔を覗《のぞ》くと卵のような顎《あご》のラインに沿って長い黒髪が絡みついていてなんとも艶《なま》めかしい。本当にお人形《ドール》みたいで、肌《はだ》に染《し》み一つ無い。球体関節じゃないのがおかしいくらいだ。思わずその綺麗な頬《ほお》に触れたくなって指先を伸ばすが、寸前のところで手を引っ込める。

「なにやってんだ……俺」

俺は逃げるように意識を別の場所に移した。最初に目が行ったのは今も電源が入っているPCモニターの一つ。そこに表示されていたのはゼクスヴェルト公式サーバーへ入る為《ため》の管理者画面。ログインこそされていなかったが、なんでこんなページを？

不審《ふしん》に思い辺りの床《ゆか》を見回すと、もっとおかしなものが転がっていた。

【君もなれるハッカー入門・演習編】

【一週間でマスターするクラッキング技術】

【今からはじめる不正アクセスの手引き】

【絶対侵入《しんにゅう》！　クラッカーさん】

【月刊ハッキングランナー】

「やばそうな本ばっかりじゃねーか！　そもそもこんな本が出版されてること自体が驚きだ」

こいつは何をしでかそうとしてんだ？　というかもう何かしちゃったのか？

どちらにせよ、まずいだろーこれは。

この状況で考えられるのは、ゼクスヴェルトのサーバーに侵入してキャラデータを書き換《か》えるチート行為とか……あとはあれか、他人のキャラクターのアカウントパスを盗《ぬす》んだ

りとか……あれ？　それって今、俺がやられてることじゃね？

「まさかな……」

俺は雫の顔を覗き込んだ。相変わらずかわいい顔して寝てやがる。

この前まで俺は、アカウント証が消えていたことからリエルのパスを変更した奴《やつ》はリコッタだと思っていた。あいつなら平然と家に入れるわけだし。でもこの状態を見る限り、雫にだってその可能性はある気がする。パスが盗めるくらいのクラッキング技術を持ってんなら俺のＰＣ内のポエムだって掌握《しょうあく》できるしな。

でもアカウント証を盗んだりとか物理的なものは無理そうだけど。

ベッド上の彼女は未だ夢の中。しかもまだ酔いが回っているようで頬が赤く上気していて苦しそうでもある。

「少し冷やしてやらないとかな」

とりあえずユーグのことは置いといて今は彼女の介抱《かいほう》が先だと判断。俺は何か額を冷やすものはないかとキッチン辺りを探ってみる。だが、冷凍庫《れいとうこ》には氷一つ無かった。冷蔵の方も中は空っぽで、台所に至っては使用された形跡《けいせき》が無い。

一体どうやって生活してるんだ？

他にも気になったものはある。学生である時分の年齢に見えるのに制服やら教科書やら学校関係の物が室内に見当たらないのだ。

「ん……んんっ……」

突如《とつじょ》、室内に艶《なま》めかしい声が響《ひび》いて俺はビクッとした。うなされる雫の声だった。

妙に色っぽい声を出すんじゃねえ！　心臓に悪いだろうが。

キッチンを諦めた俺は、何かタオルでもあれば水道水で冷やせるだろうと考えて、クローゼットの扉《とびら》を開けた。

「む……」

開けた途端、ハンガーに掛けられたひらひらの衣服が目に入ってくる。嗅《か》いだことのない女子臭《しゅう》が中から溢《あふ》れ出し、俺は眩暈《めまい》を起こしそうになる。

「とにかくタオルだ……タオル……」

意識をタオル捜索《そうさく》だけに集中し、下の方にある引き出しの中を探る。と、そこで手頃な大きさの布を発見。これだ！　と掴《つか》んでその場で広げてみた。

「なんだこれ？」

不思議な形の布だなあ。何に使うんだ？　と本気で思っていたら、段々と自分の知識の中にあるモノに形が似ているような気がしてくる。布には細い肩紐《かたひも》がついていて、ぺったりとした膨らみが二つ――――ブラだった。

「おわっ!?」

初めて触《さわ》ってしまった！　初接触《ファーストコンタクト》の衝撃《しょうげき》に俺は思わずそれを放り投《な》げていた。しかもこりゃスポーツブラじゃないか！

「ええい、けしからん！　実にけしからん！」

俺は上段の引き出しを諦め、下段を探ることにした。引き出しを開けると中は小さく格《こう》子状《しじょう》に仕切られていて、その一個一個にちっちゃくてカラフルな布が大量に詰《つ》められていた。これは小洒落《こじゃれ》たお菓子か何かですか？　マカロンですか？　と思えるような見た目。

試《ため》しに水色と白の縞々《しましま》のやつを一個摘《つま》んで広げてみる。

「こ、これは……」

そんな時、背後でゴソゴソと衣擦《きぬず》れの音がした。嫌《いや》な予感がして振り向くと、ベッドの上で半身を起こし、こちらに冷めた視線を向けている雫がいた。

「あ……おはよう」

咄嗟《とっさ》にそんなことを言ってみたが、彼女の方は俺の手の中にあるものを見て固まっている。はい、お約束の展開ですね？

「えっと、これはその……はは」

俺は両手で思いっ切り縞《しま》パンを広げている状態だった。あとは苦笑いをするしかない。

どう言い訳しても無駄《むだ》な状況だしね。

雫は無表情のまま、枕元《まくらもと》に置いてあったボードを手にする。キュッキュッとマーカーの音だけが室内に不気味に響く。すぐにその音が止まり、表側が俺に向けられた。

『通報しますた』

「ちょ待てぃ！」

これはとても言い訳を聞いてもらえるような状況ではなかったが、それをしないわけにもいかない。

彼女は彼女でベッド上にへたり込みながら今までに無いくらいに赤面している。

「弁解させてくれ」

『どうぞ』

「えーっと……お前が苦しそうだったから、額を冷やせるようなタオルがないかなーって探してただけなんだ、そしたら……なぜかこんなことに」

『それが好みの柄《がら》？』

「いやあ、コレが好みかと聞かれればどちらかというとそうかも……って、のわっ⁉」

そう言われるまで未だ俺の手の中に縞々のそれがあることに気づかなかった。

俺は縞パンを慌てて放り投げた。

『ちゃんとたたんでしまってね？』

「あれを冷静にたためるとお思いかっ！」

とにかく視界にそれらが入ると平静を保てないので、俺は床に散乱したそれとかあれとか、クローゼットに背を向けることでなんとか落ち着きを取《と》り戻した。

「で……ど、どう？　気分は」

不自然な口調ながらも、雫に調子を尋《たず》ねる。

『問題無い』

「そう、そりゃよかった」

でも会話はそこまで。そこから何を話していいのか分からない。ただPCのファン音だけが室内に響いていて、異様な静けさが辺りを包《つつ》んでいた。

そんなに広くもない部屋に女の子と二人だけ。この〝二人だけ〟というのが静けさによって異常に強調される。何か話題がないか考えて思い出したのは、さっき台所を探った時のことだった。

「あのさ、冷蔵庫とかなんにも入ってないけど、御飯《ごはん》とかどうしてんの？」

『喫茶ロープレ』

「でも三食ともあそこでってわけじゃないだろ？」

『ネット注文』

「ああ、最近じゃネットで出前とか頼めるもんな」

良く見たら部屋の隅《すみ》にピザの箱が綺麗にタワーになって積まれていた。あんまり綺麗だったからそういう柱かと思ったくらいだ。電源の入っているモニターにもそんな宅配関係のページが表示されているものもある。

『ネットがあればなんでも出来る』

なんか某闘魂《ぼうとうこん》の人の格言みたいになってんぞ。

「にしたって体に悪くない？　誰かこう御飯作ってくれる人とかいないの？」

『一人暮らし』

「はいはい、それは暗に自分は作れないって言ってるわけね」

『キッチンのセーフティ解除承認《しょうにん》』

「誰も俺が作るとは言ってねえ！　そもそも材料が無いだろが」

『ちっ』

「文字で舌打ちされてもなあ。それと、話は変わるんだけどさー、雫って学校とかどこ通ってんの？」

返事が無い。

「見たところそれっぽいものが見当たらないし、気になってさ。もしかしてお前……」

『特定領域守護者《エネミーエクスクルーダー》』

「カッコイイような気がするけど気のせいだから!」

『自宅警備員』

「分かり易《やす》くなったけど……素直《すなお》にひきこもりって言え!」

『ヒッキーですが、何か?』

「開き直りやがったな」

別に彼女がひきこもっていようがなんだろうが、俺はそれに対してとやかく言うつもりはない。人それぞれ事情ってもんがあるからな。それに俺も似たようなもんだ。

学校に通ってはいるがクラスでは浮いてる存在だし、居場所といったらゼクスの中くらい。あそこが一番心地《ここちよ》良い。できることならネット世界に一生ひきこもりたいもんだ。

おれは不意に壁に掛かっている時計を見た。そんなに遅《おそ》くはない時間だが、このままここに居続けてもいいような時間でもない。

「そろそろ俺、帰るわ。そもそも雫を送り届けるのが目的で、こんな長居するつもりはなかったし」

『泊《と》まってく?』

「ぶほっふぉっ⁉　とっ、泊まる⁉　冗談はよしてくれ！」

『じゃお風呂《ふろ》入ってく？』

「なんでそうなんの⁉　入らないよ？　入らないから！」

『じゃ私が入る』

「今、入らなくてもいいだろ！」

『その上であわよくば泊まっていくことも』

「なんで蒸《む》し返《かえ》す⁉」

これ以上ここに長居していると俺の方がどうにかなってしまいそうだ。だから自分から立ち上がって玄関《げんかん》へと向かった。

「んじゃ、本当に帰るから」

靴《くつ》を履《は》き、そう言い残してドアノブに手を掛けた時だった。後ろから俺のTシャツの裾《すそ》を引っ張る奴がいる。奴と言っても、ここにはそんなことをするのは彼女しかいない。

「ああもう」

俺は苛立《いらだ》ちを露《あら》わにしながら振り向いた。するとそこには、すがるような瞳で俺を見詰めてくる雫の姿があった。ボードはベッドの上に置かれたままなので心の内は分からないが、その表情の中に読み取れるのは帰って欲《ほ》しくないという訴《うった》え。

「どうしたんだよ、急に……」

聞き返しても言葉は無い。ただ不意に彼女の体が揺らいだかと思えた瞬間《しゅんかん》、俺の胸に彼女の重みがのし掛かってきた。

「おおいっ⁉」

なにこれ？　どんな状況？

思わず反射的に抱《だ》き止《と》める。俺的にはすごく不味《まず》い状況《じょうきょう》だ。体の芯《しん》が熱くなってくる。

だが……彼女はまるで眠ってしまったかのように動かない。

「ん⁇」

おかしいと思って顔をのぞいてみると、少し苦しそうな表情をしている。どうやらまだ酔いが醒《さ》めてないらしい。

「んだよ……おどろかせやがって……」

俺は意識を持ってかれないようになんとか堪《こら》えながら、雫の体を抱《かか》えてベッドへと寝かす。そして今度はちゃんとタオルを見つけて頭を冷やしてやった。

「ふぅ……問題無いとか言って、まだダメなんじゃん……」

ベッドの横で俺は独りごちた。それで——

そのまま看病を続けていたらいつの間にか寝てしまったらしく、気がついたら夜が明けていた。

×　×　×

◆　オンライン　◆

翌日。今晩もゼクスの世界に降り立ち、いつものようにギルドハウスに向かった俺。

ギルドの木製扉を開けると中にいたのはあろうことか雫だけだった。椅子《いす》に座っていた彼女は頬杖を突き、テーブル上のすあまを指先でつついて暇《ひま》そうにしていた。まだ他のメンバーはログインしていないらしい。

雫は俺の姿を見つけるなり、

「やあ、犯罪者君」

「出会《であ》い頭《がしら》にそれかっ！」

「じゃあ性犯罪者君？」

「もっと酷くなった！　というか嫌な方向に限定された!?」

「それじゃあ、縞パン収集家」

「一番マシなような気がするけど、それも嫌だ！　てか収集してねーしっ！」

「仕方がないな、では○○○○《ピー》で」

「すみません、縞パン収集家でお願いいたします」

わーい、俺にも二つ名ができたぞー。おめでとう！　ありがとう！　……はぁ。

「ちなみに私は縞パンを一枚しか持っていない」

「聞いてねーよっ」

「ブラはスポーツブラしか着ない主義」

「だから聞いてねーって！」

決して胸が残念だとかそういうことではないらしい。あくまで主義らしい。

「一枚くらい騎士様にあげてもいいんだぞ？」

「い、いらねーよっ！」

「遠慮するな。私を家まで運んでくれたお礼《れい》だ」

「お礼だと？」

「そう、看病までしてくれたのだからな。だからなにも負い目を感じることはない」

「そ、それなら……」

「GM《ゲームマスター》に通報した」

「ぐおいっ!?」

危《あや》うくアカウント停止されるところだった。それでもリアルで警察に通報されるよりはマシか??

「そんなに狼狽《うろた》えることはないだろう？　一緒に朝を迎《むか》えた仲じゃないか」

「うおいっ⁉　誤解を招くような発言はやめてくれ！」

俺は誰かに聞かれてないかと辺りをキョロキョロ見てしまう。といってもここはハウス内だからその心配は無さそうだが……。

「なんだ、事実じゃないか」

「いやそうなんだけどさ……って、そうじゃないだろ！」

「しかも私の下着に埋《う》もれながら朝を迎えた」

「埋もれてねえ！　勘弁してくれよ……もういいだろ？　納得《なっとく》してくれたんじゃないの？　アレは事故だって」

「別に怒《おこ》っているわけではない。面白《おもしろ》がってるだけ」

「もっと質《たち》が悪いわっ！」

疲《つか》れる。こいつと話してるとホント疲れる。

「ってか、あの時も訳を話したじゃないか」

「そうか？」

「そんなに記憶《きおく》が無いって言うなら暗記パン食わすぞ」

「そんな未来から来た猫型ロボットが出す秘密道具の存在を持ち出すなんて、二次元と三次元の判別がついてない証拠だな。ついでに言うとその道具は記憶対象を複写する必要があって、今回の場合は――」

「分かってんなら思い出せよ」

「まあ、そんなことはどうでもいいんだが」

「いいのかよ！　ならもっと早くに納得してくれ」

いきり立つ俺とは正反対にすあまちゃんがテーブルの上で寝ころびながら尻尾を振っている。……かわええ（ポッ）。ペットは飼い主に似るって言うがありゃ嘘《うそ》だな。

俺は鼻息荒《あら》く、雫の向かいに腰掛けた。すると彼女がいつもと違《ちが》った柔らかい瞳でこちらを見据《みす》えてくる。

「ふふん」

頬杖を突いている彼女はなんだか楽しそうだが、今もその瞳の奥で何を考えているのやら……。それにしても何度も言うようだが、オンの雫とオフの雫はギャップがありすぎだ。どちらも黙《だま》っていれば問題なく可愛《かわい》いのにと思うのは一緒だけど。

# #06【ましゅまろがローズ色に染まってヤバイ】

◆　オンライン　◆

明くる日の晩、今日も習慣のようにログインすると、ギルドハウスにいたのはましゅーだけだった。

「あー騎士様ー」

「あれ？　他のみんなは？」

「今日はまだみたいですよー？」

「……そう」

反射的に雫《しずく》の姿をさがしてしまう俺がちょっと怖《こわ》い。実際、何を言われるか分かったもんじゃないからな。

いないことが分かってほっと安堵《あんど》の息を吐いた時だった。

「あのう……」

ましゅーがその場でモジモジとし始めた。

「今……おひまですかー？」

「え？」

「い、いえ、おひまでなければいいのです。ただ、少しだけ時間があったら……その……わたしと……あっ、で、でも、無理にってわけじゃなくて、ほんっとそういうんじゃなくて……」

なんだかましゅーが、しどろもどろになり始めた。

暇か？ といえば暇だ。ゲームに関して言えばレベル99という状態でやれることなどこの世界には僅《わず》かしか残ってない。たとえば合成系のスキルを上げることとかそれくらい。それに上目《うわめ》遣《づか》いでこんなふうに聞かれては、たとえそうでなくとも暇だと答えてしまうのが当然だろう。

「めっちゃ暇ですが、何か？」

「そ、そうですかー？」

それでましゅーの顔がパァーッと明るくなる。

「それなら、手伝ってもらいたいことがあるのですー」

「手伝い？ いいよ、俺にできることなら何でもやるよ」

「あっ、ありがとうございますー」

まったりとした口調ながらも、ましゅーの表情は喜びに包まれていた。

「で、何をすればいいの？」

「えっとですねー、わたしの職業《ジョブ》専用の装備がもらえるクエストを手伝ってもらいたいのですー。そんなに難しいクエじゃないんですが、二人パーティが発生条件みたいで、困ってたのですー」

「そういうことならお任せあれ。早速行こう！」

「はいなのです」

ということで、クエストを手伝う事になった俺はましゅーと共にギルドハウスを出た。

特に下準備はいらないということなので着の身着のまま彼女の後について行く。

「場所はどこなんだ？」

「フィルムスの城下町の中ですー」

「そんな近くか」

小高い場所にある城壁《じょうへき》、その上で赤い王国旗が風にはためいている。

城壁の真下に広がる城下町。鍛冶屋《かじや》やら道具屋などが並んでいる商業区の通りを俺達《おれたち》は歩いていた。石畳《いしだたみ》の街路には多くのプレイヤーが行き交い、活気に溢れている。

俺はましゅーの背中を追いながらひょこひょこと揺れる彼女の後ろ姿を見つめていた。

そういえばオフ会で会った時も同じような髪型《かみがた》をしていたなあと思い出す。そこから繋《つな》がるように思い起こされるのは彼女の若さ。主婦だと聞いていたのだけれど、リアルで会ってみたら俺達と変わらない年齢《ねんれい》に見えた。

俺は単純な興味が湧いてきて、ちょっと歩速を上げて彼女の真横に並んでみた。

「あのさ、ましゅーって歳《とし》いくつ？」

俺のあまりにもストレート且《か》つ失礼な質問にましゅーは目を丸くした。

「ずいぶん思い切った質問ですねー」

「いやさ、主婦って聞いてたのに俺と同じくらいにしか見えなかったから……」

「うふふ、実際そうですよー」

「えっ？」

「十六です」

「俺の一個上!?」

これで見た目の謎《なぞ》が解けた。

「でも、その若さで結婚《けっこん》したってことでしょ？」

「形の上でだけですけどねー」

「形だけ？」

どういうことだろ？

「はいー、わたしの大にあたる人が実はー……女の人に興味の無い人なのですー」

「それって……そっち方面の人……ってこと？」

「ええ、そう言うことになりますー」

ウホッ。

「なんか複雑なんだね……」

「そうですかー？　えへへ」

そんなふうにニコニコしながら言われると、こちらもどういう顔をしていいのか分からない。ただその笑顔《えがお》が引っ込む瞬間、表情に影《かげ》が差したように見えた。

「あ、つきましたー」

突如足を止めたましゅーは、にこやかにある建物を指差していた。

そこは町の宿屋だった。石壁でできた二階建ての建物。中にはクエスト向けＮＰＣ《ノンプレイヤーキャラクター》が数人配置されていた。

ましゅーは宿屋に入ってすぐ、部屋の隅にいる髭親父《ひげおやじ》（ＮＰＣ）へと駆《か》け寄《よ》る。

「この方ですー。この方に話しかけてくださいー。クエストが始まりますー」

ましゅーがそう言うので俺はその通りにした。

話を聞いた後、NPCの指示の通り二階一番奥の部屋に上がる俺達。中はベッドがあるだけの至ってシンプルな部屋だったが、何かがおかしかった。

だってそれダブルベッドだし！　枕《まくら》二つだし！

「あのーこれはどういった……？」

尋ねるとましゅーも顔を赤らめて戸惑い気味にしている。

「えっとですね……このクエは【薔薇《ばら》の夜】というクエで本来は男キャラ同士で一定時間部屋の中で過ごすと達成できるクエなのですが……まさかこんなふうなのだとは思ってなくて……」

「そのクエ内容は一体誰得なんだ!?　てかそれじゃあ条件に達してないんじゃ……？」

「女性キャラクターでも、この【男爵《だんしゃく》の証】というアイテムを使えばクエが発生するのです」

そう言ってましゅーは手の中にある口髭《くちひげ》アイテムを見せてくれた。そしておもむろに両《りょう》端《たん》がくるりと丸まったそいつを口元に押し当てる。それだけでましゅーの目付きがきりりと引き締まったものに変わった。

「今宵《こよい》は僕《ぼく》の為にこんな素敵《すてき》な宿を用意してくれてありがとう。とても嬉《うれ》しいよ」

「は？」

彼女《かのじょ》の口調が突然、男っぽく変わったので俺は宝塚《たからづか》にでも来てしまったのかと錯覚《さっかく》した。

ってか俺が誘ったわけじゃねーし！　でもあれ？　えらく不遜《ふそん》で尊大なこの感じ……誰かに似てるぞ？　そうだ、これはアイツだ。ユーグに似ている！　でもそれだけで彼女が騎士様ってのもどーもね？

「す、すみません！　ちょっと調子に乗りました……」

髭《ひげ》を取ったましゅーはすぐにいつもの口調に戻って、自分がやったことを後悔するように顔を真っ赤に染め上げていた。

「あっ、で、でもごめんなさいです。本当にこんなつもりじゃなくて……」

「いやいやそんなに謝《あやま》らなくても……」

申し訳なさそうにひたすらぺこぺこする彼女。

とにかくクエストを終わらせないとログアウトすらできないよな。なら……

俺は自ら進んでベッドの端《はし》に腰掛けた。それを見たましゅーはきょとんとして、

「あっ、あのぅ……それって……い、一緒に過ごしてくれるんですか？」

「俺で良かったら……な」

ましゅーの顔に笑《え》みがこぼれる。そして何度もお辞儀《じぎ》を繰《く》り返した。

「ありがとうございます！　ありがとうございます！」

「や、やめてよ、そもそも俺の意志で手伝うって決めたんだからさー。むしろこっちが迷《めい》惑《わく》かけてるんじゃないのかって思うよ？　実際」

「そんなことないです！　騎士様で良かったです！　騎士様がいいんです！　……あっ」

そこまで言ったところで彼女はカァーッと頬を染めた。

「とにかく時間まで、ここに座《すわ》ってさ？」

俺はポンポンと自分の隣《となり》を叩《たた》く。

「は、はい……」

すると彼女は細く返事をしてベッドの上に腰掛けた。スプリングが軋む音を立てて、マットが沈《しず》み込む。そして、肩《かた》に肩が触れる……ん？

隣に目をやって驚《おどろ》いた。座ってくれたのはいいが、まさかそんな近くにだとは思ってもみなかったから。顔を向ければ鼻と鼻がぶつかるほどの眼前にましゅーの顔があったのだ。

「「あ……」」

二人してハッとなり、思わず赤面してしまう。しかしなぜだか互《たが》いに見詰《みつ》め合ったまま動けない。完全に離《はな》れるタイミングを見失ってしまったのだ。

「あっ、あの……」

俺が言葉に詰まっている中、彼女は何か言いたそうにしている。

「あ、ありがとうなのですっ」

「は、はいっ⁇」

突然礼を言われて困惑《こんわく》する。

「わたし……家では自分の居場所がなくて……ゼクスが唯一《ゆいいつ》の落ち着ける場所で……そ、そこで騎士様がいつも話し相手になってくれているから……それだけが救いで……その御礼を言いたくて……」

「なんだそんなことか」

「それにわたし騎士様のことが……」

彼女が何か大切なことを言いかけたような、そんな時だった。

ドカッ
突然大きな音がして、部屋の扉が勢い良く開け放たれたのだ。

「「⁉」」

俺とましゅーは驚いて縮み上がり、慌《あわ》てて距離《きょり》を取る。で、そこに立っていたのが誰かというと、良く知った顔、雫だった。いつの間にかログインしてたらしい。

彼女はこちらに視線もくれず、つかつかと部屋の中に侵入してくると、設置してある家具の引き出《だ》しを片《かた》っ端《ぱし》から開けたり閉めたりして何かを探し回っている。

「な、なにしてんの？　お前……」

「ソロクエ中だ。気にするな」

「いや気になるでしょ、普通《ふつう》」

そもそも同じ場所で二つも重なって発生するクエストなんてあったか？

俺は頭を掻《か》きながら、部屋中を引っ掻き回《まわ》している雫に尋ねる。

「それで、何のクエなの？」

「【ジェフの落とし物】とかいう奴だ」

彼女はこちらを向こうともせずにそう答えた。

「い、今さら、それ⁉」

俺は我《わ》が耳を疑ってしまった。

ジェフの落とし物。それは道具屋の主人ジェフ（NPC）から受けられるクエで、大事にしていた結婚指輪を無くしてしまったから妻に見つからないように探して欲しいという依頼《いらい》内容。

達成条件は街のどこかにランダムで落ちている指輪を制限時間内に見つけ出して主人のもとに届ける事。単純な内容だけに報酬《ほうしゅう》も僅か数Gしか貰《もら》えない初級クエである。

俺も初期の頃《ころ》は何度も道具屋と街中を往復して小銭《こぜに》を稼《かせ》いでたっけ。でもこんなクエを今も真剣《しんけん》にやっているのは一桁《けた》レベルの新規プレイヤーだけのような気もするが……。

散々室内を荒《あ》らした後、雫はようやく家捜《やさが》しの手を止めた。

「リスク無しで確実に稼げるとても良いクエだと思うが？」

「ま、まあ確かに……すんごい地味だけどな。それに今さらこんなことを言うのもなんだが、指輪の落ちてる場所って確かにランダムだけど、ある程度決まった箇所《かしょ》だっただろ？こんな所で発見されたなんて話聞いたこともないぞ？」

雫はせせら笑った。

「ふん、物事には想定外ということが必ず起こるものだ」

「いやこれゲームだし、プログラムされたものだし」

「じゃあなにか？　今日放送のアソパソマソの頭の中身が必ず小豆餡《あずきあん》だと言えるのか？」

「は？」

「割って中身を見てみるまでは分からないだろ？　ヴャムおじさんの気まぐれで今日はもしかしたら白餡《しろあん》かもしれないいし、はたまた意表を突いてうぐいす餡《あん》かもしれない」

「いやいや、たとえがおかしいから！」

「では分かり易く言おう。バレンタインで貰った手作りチョコに対して、市販《しはん》のチョコを溶《と》かして固めただけなのに手作りとか言っちゃうのはどうなんだ？　と批判する輩《やから》がいるが、もしかしたら手にしたそれは南米まで赴《おもむ》き、そこで収穫《しゅうかく》したカカオから種子を取り出して、熟成、発酵《はっこう》、焙煎《ばいせん》して作っていたかもしれないということだ。見た目だけでは分からないからな」

「んなわけないだろ！　しかもちっとも分かり易くなってねえっ！　というか女子からチヨコなんて貰ったことないし！　別に手作りじゃなくても嬉しいし！　チロルチョコでも有頂天《うちょうてん》だし！　なんならバレンタイン当日、男子校だったのに机の中にチョコが入ってた時の人間の気持ちが分かるか？　もしかしたら担任のおばあちゃん先生かも？　って一瞬《いっしゅん》考えちゃった人間の後悔《こうかい》が分かるか？　当日はコンビニで少しでもチョコが入っているものを意地でも買わない人間の繊細《せんさい》さが分かるか？　……つーか、言ってて哀《かな》しくなってきたじゃないかっ！」

「なんなら今年は私からチョコをあげてもいいのだぞ？」

「えっ……」

雫から思いがけない事を言われて言葉に詰まる。

「あっ、あっ、はいはいっ！　わたしも、わたしも！　騎士様にチョコあげるのです！」

隣に座っていたましゅーも負けじと手を挙げて宣言。

突然こんな所でバレンタインチョコ〝二個〟の確約が取れてしまった。

「あー……そ、それは……どうも」

初めての経験に浮《う》かれてもいいはずなんだけど……今は夏。バレンタインまでは年が明けてから更《さら》に先のことだ。嬉しいけど長い！　長過ぎるぞっ!!　燦々《さんさん》と照りつける太陽の馬鹿《ばか》！　夏の青い空なんて大嫌《だいきら》いだ！

そんな感じで嬉しい（？）収穫もありつつ、なんか嫌なことを思い出させされた挙げ句、話は意味の分からない方向に向かっていた。

「色々回り道したが、ようは何事も試してみなければ確実にそうとは言い切れないということだ」

「うぇーい、そうですね」

結論をまとめてくれた雫に、俺は投げやりに返事をした。

「それにしてもこんな所で二人して何をやっているのだ？」

そこで雫が今更《いまさら》ながらに俺達の状態について突っ込んできた。しかも二つ並んだ枕に向けられた彼女の瞳《ひとみ》は非常に疑念に満ちている。

「えっ、いや、こ、これは……」

ぐぬぬぅ……と困り果てていたその時、また別の訪問者が現れた。それはあのクエを受けた髭親父ＮＰＣ。どうやら規定の時間が経過したらしい。

「ク、クエ終了みたいだな」

「そ、そうですね」

俺がましゅーに言うと彼女は天使のような笑みを返してくれる。

「さ、戻ろうか」

「はいなのです」

ぎこちない感じで部屋を出る俺達。その際に背後で「ガッ」と物音がした。雫がベッドの脚《あし》を蹴りつけたように見えたが、多分気のせいだろう。うん、きっとそう。

そんなわけで二人で一階に降りる。なぜかクエ中であるはずの雫もついてくる。

降りたところで先程《さきほど》の髭親父が、

「昨日はお楽しみでしたね。これはここにお泊まりのお二人への記念品です」

と言ってクエスト完了《かんりょう》の報酬アイテムを差し出してきた。

《【ましゅまろ】は【月影《つきかげ》の懐刀《ふところがたな》】を手に入れた》

どっかで聞いたことあるＮＰＣの台詞《せりふ》……それとクエ内容と全然関係無い感じの報酬。大丈夫《だいじょうぶ》か？　このゲーム。

「騎士様、おかげでアイテムが手に入りましたー。ありがとうなのですー」

「あ、まあこんなんでよかったらいつでも言ってよ。手伝うからさ」

「はいなのですー♪」

でもまあアイテムを手にした彼女の笑顔が見られたので、これは良かったことにしよう。

雫はというと、そんな俺達に冷めた視線を送ってきていた。

×　×　×

[件　名] はろー
[差出人] ユーグ [kishisama66@motmail.co.jp]
[宛　先] 慧太《けいた》 [wan_U-x-U@pocomo.co.jp]

《やあ、僕だよ。ずいぶんと騎士様にも慣れてきたみたいじゃないか。
でもね、僕は君だけを愛しているんだ。その辺を勘違《かんちが》いしないで欲しい》

# #07【ストロベリーチーズが姫《ひめ》の味でヤバイ】

◇　オフライン　◇

当然のように帰宅部の俺は、授業を終えると早々に下校する。帰路の途中《とちゅう》には近所でも有名なお嬢様《じょうさま》学校があるのだが、それにちょっとばかり問題があった。

校舎から公園を挟《はさ》んだ飛び地にそのお嬢様学校所有の専用のテニスコートがあって、そこを通るだけでなんとなく気まずいのだ。

だってそこはちょっとしたフェンスでしか区切られていない場所だから中の様子は丸見えで、のぞく気は無いのに通りかかるだけであらぬ疑いをかけられてしまいそうで……。それにうっかり視覚的な刺激を受ければ俺の忌《い》むべきあの体質が反応しかねない。しかも迂回路《うかいろ》が皆無《かいむ》ときている。ありえねー。

だから俺はいつもそこを猛《もう》スピードで駆け抜《ぬ》けることにしている。

今もその場所が近づいてきて、マイ自転車を立ち漕《こ》ぎモードに切《き》り替《か》える。スピードアップした視界の端に白いユニフォームみたいなのがチラチラと入ってきたり、甲高《かんだか》い練習の声が耳に入ってくるが気にしちゃいけない。

何もかも振り切るようにペダルを更に強く踏《ふ》んだ。その時——

ガシャン
金属が擦《す》り切れる音がして、突然ペダルから感じていた負荷《ふか》が消失した。

「おわっ⁉」

足がすっぽ抜けた感じになって、車体がふらつきだす。俺は慌てて急ブレーキを掛け、自転車はなんとか静止した。

なにが起きたのか確認《かくにん》する為、降車してスタンドを立てる。その場にしゃがみ車体の様子を探ると、あろうことかチェーンが切れてしまっていた。しかも結構致命的《ちめいてき》に。

「あちゃー……ついてねえなあ」

これは丸々交換《こうかん》だな。痛い出費だ……。そんなふうに項垂《うなだ》れていると視界の中に自然と入ってくるものがあった。それは自転車越《ご》しにあるフェンス。その下の方だけは目隠《めかく》しが無くて、コートの様子がはっきりとうかがえるのだ。

言っとくけど、俺はあくまで自転車の点検をしてるだけだからね？　決して不審者《ふしんしゃ》じゃないよ？

今はたまたま目の前にテニス部員の足が並んでいた。しかしその足の数たるや何人いるだろうか？　見た目だけで結構な部員数だと分かる。そんなふうに横一列に並んでいる生徒の向こうから、顧問《こもん》教師と思《おぼ》しき人物の声が聞こえてきていた。なにやら今日の練習内容についてのミーティングっぽい。しかもそれは今、丁度終わるところのようだった。

「……というわけだ。なので今日はこれからすぐにペアを組んでもらってラリー練習を行う。互いのフォームチェックにも気を配れ！」

「はい！」

透《す》き通《とお》った声がコートに何重にもなって響いた。

たくさんの足が散開。コート内では早速、顧問に言われた通り生徒達がペアを組み、打ち合い始めている。面数はかなりあるが、全員分が足りているわけではない。順番を待っているペアもある。

そんな中でただ一人、ポツンと浮いている生徒が目に入った。

先程《さきほど》顧問《こもん》から「じゃあペア組めー」と言われた直後、「○○ちゃん一緒に組もー」って声がそこら中で上がったり、中には口にしなくてももちろん私達はそうだよねーっていう子達もいて、あっという間にペアは出来上がっていたからその子は浮きまくりだった。

所在無さげにフェンス際に寄り掛かり、今では手持《ても》ち無沙汰《ぶさた》になってしまっているのか、ボールを手の中でもてあそんでいる。

「あいつは……もしやと思ったが、そのもしやか？」

俺はそのぼっちの子に見覚えがあった。ここからでは遠くてハッキリとうかがえないが、あのブロンド髪《がみ》は他にはそうそういない。間違いなく姫《ひめ》だ。

あいつ本当にお嬢様だったんだな。しかし彼女の性格が災《わざわ》いしているのか、リアルでもフレンドリストは空欄《くうらん》っぽい。まあ俺も、京也《きょうや》が風邪《かぜ》で休んでる日の体育とか同じ感じなんで気持ちは良く分かる。

ちょっと近くまで言って声でもかけてやるか。そう思った俺は自転車を転がし始めた。

そんな時、上級生と思しき女生徒が姫に向かって何か言ってるのが聞こえてきた。

「ちょっと九條《くじょう》さん。暇してるならそのボール片づけておいてくれない？　そこに入ってるの傷《いた》みが激しくてもう使えないやつだからさー」

指差すのはボロボロになったボールばかりが詰まっているカゴ。しかし、言われた当の本人は、なんであたしが？　ていう顔をしている。頼《たの》んだ先輩《せんぱい》の方もちょっと困惑しちゃってるじゃないか。それでも姫は文句を言うわけでもなく、素直にそのカゴを持ってコートから出ようとしていた。

フェンス状の扉が開き、中からユニフォーム姿の姫が出てくる。やっとの思いで彼女が運んでいるカゴはスーパーの買い物カゴくらいの大きさで、そこに山盛りになるくらいにボールが詰まっていた。見るからにとっても重そうだ。

「よう！」

俺は出会い頭、景気良く手を挙げた。対する彼女は目が点になっている。だが次第《しだい》に状況が掴めてきたようで動揺《どうよう》が顔に出始める。

「ど、どどどっ、どうして、あんたがここにいんのよっ！　って、ひゃあっ⁉」

動揺が手元にまで影響《えいきょう》して、お約束のようにカゴの中身がぶちまけられる。歩道に転がった無数のボールを必死に掻き集《あつ》める姫。俺も拾うのを手伝ったから全部集めるのにはそんなに時間はかからなかった。

「ほい、最後の一個」

手《て》渡《わた》しで渡《わた》すと、彼女は「むくれ」と「照れ」を合わせたような複雑な表情を見せる。

俺はそこで注目の視線を背中に感じた。

視線だけじゃない。ヒソヒソ声も聞こえてくる。テニス部員の女の子達の声だ。あれだけ派手にボールをぶちまければ気付かないはずもない。

「誰《だれ》？　あれ」

「彼氏《かれし》じゃない？」

「えっ、九條さんの？　まさか……」

「だって九条さんの彼氏でしょ？」

「そういえば、そのわりには凡庸《ぼんよう》な顔ね」

凡庸で悪かったな！　つーか誰だ最後の言った奴は！

俺が憤慨《ふんがい》している間も、眼前の姫はえらく狼狽《うろた》えていた。

「ど、どうしてくれるのよ、勘違いされちゃうじゃない。あたしがあんたみたいな変態と
……その……かっ、かかかかかかっ」

「か？」

「か、かれ……し、だなんて思われたら、こ、困るでしょ！」

「あーそういうこと？　じゃあ訂正《ていせい》しとくわ」

「？」

俺はフェンスの向こうのみなさんに向かって叫《さけ》んだ。

「えーと、俺はただのギルメンでーす！」

そう言った途端《とたん》、ヒソヒソがまた始まる。

「ギルメン？　ですって」

「やっぱ彼氏じゃなかったんだ。九条さんてブランド志向だもんね」

「でも、ギルメンってなに？」

それはなんとなく周囲が姫のことをどう見ているかが分かる言葉だった。とそこで、俺の襟元《えりもと》が思いっ切り引っ張られた。見れば姫が必死の形相でこっちを見ている。

「ちょ、ちょっと、こっち来なさいよっ！　はやくっ!!」

「えっ!?　おっ、とととと……」

俺は無理矢理《むりやり》、姫に歩道を進まされる。ある程度進んでコートが見えなくなったところで、姫は持っていたカゴをどちゃっと地面に置き堰《せき》を切ったように息を吐《つ》く。テニスコートの前からここまで一度も呼吸してなかったみたいだ。

「ばっ、馬鹿じゃないの？」

「は？」

「あんなふうに叫ばないでっていってんの」

「だって勘違いされたら困るっていうから……あっ、そっか、普通の子にはギルメン＝ギルドメンバーとか通じないか。じゃあ、なんていえばよかったかなあー」

「えっ、そ、それは……」

姫はそのままモゴモゴと口をつぐんでしまった。でもすぐに、

「そ、それより何であんたがここにいるわけ？　まさかあたしのことストーカーしてたとか？」

「どんだけ自意識過剰《かじょう》なんだ！」

「うわ、まさか……のぞき？」

「ちっ、違う！」

「違うの？　じゃ盗撮《とうさつ》⁉」

「俺をどうにかして犯罪者にしたいらしいな！　たまたまここは通学路ってだけで……今はその……自転車のチェーンが切れちゃったりなんかして……さ」

「へー……チェーンね……」

ジト目が俺のチャリに向けられる。

「いや、ちゃんと見てよ、ほらここ！　切れてるでしょ？」

信用してもらうにも骨が折れる。

「でも、まさかここに姫が通ってるとは知らなかったなー。テニスとか得意なんだ」

「得意じゃないわよ」

「え……じゃあ好きとか？」

「好きじゃないわよ」

「はい？」

「入部してまだ三日目よ。でも向いてないみたい。あたし、運動苦手なのよ」

「じゃなんで入ったんだよ」

「テニス部の前が茶道部《さどうぶ》、その前が弓道部《きゅうどうぶ》で、そのまた前が吹奏楽部《すいそうがくぶ》。その度に何かしようと思うんだけど全部合わなかったわ。どーしても馴染《なじ》めないのよねー」

そりゃあ内容よりもあんたの性格に問題があるような気がする。

「まあいんじゃないの？　無理にやんなくても」

「……え？」

「楽しい、と思ったことだけやればいいさ」

「楽しいこと……ね」

反応が薄《うす》い。なんか問題ありなんだろうか？

「それはそうと姫の本名って九條って名前だったんだ」

「そうよ、九條妃梨《くじょうきり》。美しい名前でしょ？」

「まあ高貴な感じはするな」

「でもいつも通り姫でいいわよ」

胸を張って誇《ほこ》らしげにしている彼女。〝でいい〟って感じでもないけどな。

心の中で突っ込むも姫は満足げな顔をしている。そんな彼女の足下《あしもと》に俺はふと目をやった。そこにあるのはさっきのボールカゴ。

「それ重いでしょ？　よかったらのっけてくよ？」

「えっ？」

俺は自転車の荷台をポンと叩いてみせた。こいつ荷台付いてて良かったー。

姫の了解《りょうかい》を待たず、俺はボールカゴを掴んで自転車に載《の》せ、そのまま転がし始める。

「あ、ちょっ、ちょっと待っ」

動き出したところでハンドルを掴まれた。

「なに？」

理由を聞いても下を向いてモジモジとしているだけで一向に話そうとしない。

なんなのさ。ともう一度口に出そうとした時だった。

「貸しなさいよ」

赤みが差した顔で睨《にら》まれる。

「あたしが運んであげるって言ってんの！」

「えっ、そう？　じゃあ俺がカゴ支えるわ」

そこまで言うのならと俺は素直にハンドルを明《あ》け渡した。彼女がしっかりと自転車を支えたのを確認して手を離す。

途端、グラッと車体が傾《かたむ》いて、ボールが一個歩道にこぼれ落ちた。

「だ、大丈夫《だいじょうぶ》なの？」

俺は落ちたボールを拾い上げながら尋ねた。

「へ、へーきよ……これくらい」

そうは言うが、のろのろと進み始めた自転車は左右にふらついてはそのまま倒《たお》れそうで、非常に危なっかしい。

「俺にはそうは見えないんだけど」

「は？」

キッと睨まれた。

「……なんでもないです」

「そもそも、こんな重いもの持ったこと無いんだから……」

「なんか言った？」

「な、なんでもないわよ」

そりゃ後ろの方に結構重い物が載ってるわけだから多少はふらふらするとは思うけど、それにしたって必要以上に大変そうに見えるのはなぜだろうか？　もしかして運動音痴《おんち》とか？　自分で運動苦手って言ってたし。いや、でもこれはその一言で済まされないようなもっと酷《ひど》いもののような気がするな。自転車に乗るならまだしも、転がすことすらまともにできないんだから。

「なんでこれ真《ま》っ直《す》ぐに走らないのっ？　どこか壊《こわ》れてるんじゃないの⁉」

とうとう物に当たり出した。そりゃチェーンが切れてるから壊れてるっちゃあ壊れてるけど、転がすぶんには問題ないはず。そろそろ手伝ってやりたいと思うが、手を出したら出したで文句言われるんだろうなーとか思いながら右へ左へ行ったり来たりする彼女の背中を眺《なが》めながら歩いていた。

「ちょっと、あれ？　あああっ、ど、どこ行くのよっ⁉」

自転車に話しかける姫。俺の方がどこへ行くんだと問いたい。

その後、何度か転倒《てんとう》の危機が訪《おとず》れるも、なんとか校門のところまで到着《とうちゃく》することができていた。姫は自転車を俺に返すと、ボールカゴだけ取り上げる。

「ちょっとそこで待ってなさいよ」

そう一方的に言い捨てて、カゴの重さによたよたしながらも校舎の方へと消えて行く。

勝手に帰るわけにもいかず立《た》ち尽《つ》くす俺。一体何をしようっていうのだろうか？

待つこと十数分。姫は制服に着替《きか》えて戻ってきた。肩には鞄《かばん》。完全に下校スタイルだ。

「行くわよ」

「帰るのか？　部活はどうすんだよ」

「辞《や》めてきたからいいの」

「……は？」

「退部届書いて、顧問の机の上に置いてきたから問題無いでしょ？」

問題無い……のだろうか？　しかしそれ以上は聞く気にもなれず……。

「それよりあんた、アイスは好き？」

出し抜けにそう聞かれた。

「好きっちゃあ好きだけど？　特にこんな暑い日は最高だね。でもなんで？」

「そう」

彼女は俺の質問には答えず、くるりと体の向きを変え、どこかへ向かって歩き出した。訳が分からないが俺としてはそれについて行くより他は無い。

しばらく歩くと視界にドールハウスみたいな洒落《しゃれ》た店が入ってきた。姫の足は迷わずそこに向かって行くから目的の場所は多分そこなのだろう。

通りに面した店先には【アイスクリーム】の文字がある。彼女はカウンター越しに、

「ストロベリーチーズをシングルで二つ、コーンで」

と注文していた。少しして店員からワッフルコーンにのったアイスを受け取ると、こっちに向かってつかつかと歩いてくる。

「はい」

無愛想《ぶあいそう》に片方を俺に押《お》しつけてくる。

「何、これ？」

「何って、あんたの分に決まってるでしょ。違う味が良かったとか言わないでよね。それがこの店で一番美味《おい》しいんだから」

「おごってくれるってこと？　なんでまた？　気前いいじゃん」

「理由なんて無いわよっ。ただ、貧しい者に施《ほどこ》しを与《あた》えるのが富める者の務めなだけっ」

「それはありがたいこって！」

俺は教典でも授《さず》かるような気持ちでアイスを受け取った。

「待ってて」って言ったのはこれが目的だったのか？　それともまだ何か？

それはさておき、早速《さっそく》一口いただくと、

「んまいっ！」

コクのあるチーズと酸味のあるストロベリーが出会って、舌の上で輪舞曲《ロンド》を奏《かな》でてる！

こんな美味しい店が近くにあるだなんて知らなかったなあ。

「なにこれ、すごい美味しいよ」

「そう？　でも今日は一個までよ。良い子にしてたらまたあげるわね」

「なにげに餌《え》づけされてる⁉」

「餌づけじゃないわよ、どちらかというと調教」

「調教て……」

「なに想像してるの？　イヤらしい……」

「いや、そんなことないよ？　なに、そんなことないわよ⁉ってか、そっちこそ顔赤いし」

「はっ⁉　なっ、なに、そんなことないわよ⁉」

姫はあわあわと慌てているが、そんな感じが可愛くもある。

「そっ、それはそうと、ちょっとそこに座っていかない？」

動揺が残る中、姫が指し示したのは店の脇《わき》にあるちょっとした広場。断る理由は無いので彼女についてゆき、そこにあるベンチに二人で腰掛《こしか》ける。

目の前には小さな噴水《ふんすい》があったり、樹木が植えられていたりで、結構落ち着ける場所だ。そんな場所で静かに、ただひたすらペロペロと二人でアイスを舐《な》め続ける。何か喋《しゃべ》るわけでもなく、終始無言。

なんだろう？　この状況は……。口を開かなければ信じられないくらいの美少女が俺の隣にいる。自分で言うだけあって完璧《かんぺき》すぎる容姿ではある。そこにその艶《あで》やかなブロンドだ。彼女の横に並んで釣《つ》り合《あ》いが取れる人間なんてそうはいない。

てか睫毛《まつげ》なげぇ！

「なに見てるのよ」

「いやさ、その髪、綺麗《きれい》だなーと思って見てただけ」

「はぁっ!?　なっ、なによ突然《とつぜん》。ほめたって何も出ないんだからね？」

「いやホントに」

「えっ……そ、そう？　でも……あたしはあんま気に入ってないんだけどね……」

姫はうつむき、自分の髪を撫《な》でながら言った。

「どうしてさ？」

「あたしのママんはイギリスの人なの。だからこの髪は生まれつき。でもこの髪であんまいい思い出が無いのよね。綺麗な金髪《きんぱつ》ならまだしも、あたしのは少し赤みがかってて……こういうのストロベリーブロンドって言うのよ」

「ふーん、でも苺《いちご》だなんて可愛いじゃない。似合ってると思うけどなー」

俺が食べかけのストロベリーチーズを見ながらそう言うと、彼女は勘《かん》ぐるような視線でのぞき込んでくる。それがちょっと気恥《きは》ずかしい。

「な、なんで急にそんなこと言い出すの？　ま、まさかとは思うけど……これがデ、デートとか思ってないでしょうね っ？」

「なに？　これってそうだったのっ⁉」

「そっ、そんなこと一言も言ってないでしょ！　何聞いてんのよ、馬鹿っ！　頭んなか何か湧《わ》いてんじゃないの⁉　このエロ虫！」

酷い言われようだった。エロ虫ってなんぞ？

確かに女子とはずっと無縁《むえん》だった俺からすれば今のこの状態は夢のようなもの。でもデートって言われてもあまりにも遠い存在すぎてどんなものか想像できない。

そんなやり取りがあって、再び僅かな間が訪れた。そして、

「ねえ」

彼女は自分の足先を見詰めながら話しかけてくる。その様子は先程までと違って非常に穏《おだ》やかだ。

「リエルってどう思う？」

「……え？」

思いがけず、もう一人の自分の名前が出てきて焦《あせ》った。

「どうって聞かれても……」

「ほら、最近ゼクスにも全然顔出さないじゃない？　どうしたのかしらと思って」

それはいつか必ず耳にすることになるんじゃないかと思っていたことだ。毎日のように

プレイしていたリエルが、これだけ長い期間ログインしてこないとなれば周囲だってそう思うのが普通。でもパスワードが無ければ俺にはどうにもならない。

それは俺が二度とリエルに戻《もど》れないということでもあった。

「んー、なんかリアルが忙《いそが》しいとかそんな感じじゃない？」

「そうかしら？　いつでもどこでも見かけて、ログイン時間なら廃人《はいじん》級のあんな暇人《ひまじん》が突然そんなになるってことある？　リアルでも友達いなそうだし」

暇人で悪かったな。それに俺レベルで廃人って言うなら、俺よりログイン時間が多い姫を含《ふく》め、他のギルドメンバーは一体何者なんだよ。友達は……まあ、そんな感じです。

「じ、じゃあ、あれじゃないかな？　風邪でもひいて長引いてるとか？　そんな感じじゃない？　うん、きっとそうだよ」

なんとか理由をでっち上げようと必死になっていると姫が一言。

「ま、理由とかは別に気にしてないんだけどね」

「じゃ聞くなよ！」

なんだよもう。俺は頭ん中であと二十通りの言い訳を考えてたとこなんだぞ。どうしてくれる。

「で最初に戻るけど……リエルってどう思う？」

またか、と思っていると、足先に視線を落としたままの姫の頰《ほお》が、なぜだか朱《しゅ》に染まっていくのが分かった。

「リエルってさ……かっ、かっこいいわよね」

何か違和感《いわかん》のある単語が聞こえた。

「かっこいい⁇」

俺は思わず復唱してしまった。女性プレイヤーに対する褒《ほ》め言葉《ことば》としては、いささかずれているようにも感じるのは気のせいか？

傍《かたわ》らの彼女は普段《ふだん》あまり見せない笑顔を浮かべている。そして恥《は》ずかしそうにしながらも思い出を語り始めた。

「そう、たとえばあたしがまだギルドに入っていなかった頃の話。始まりの森の近くで細々とソロで素材集めをしてたんだけど、そこで悪名高いＰＫ集団に遭遇《そうぐう》してしまったの」

「ＰＫねえ」

ＰＫ《プレイヤーキル》。それはほとんどのＭＭＯＲＰＧに実装されていると言っていいプレイヤーがプレイヤーを狩《か》ることのできるシステム。もちろんゼクスでもそれができるんだけど、中にはそれを専業にしてアイテムやお金を得ている連中もいる。でも行き過ぎた言動や、悪質な行為《こうい》さえなければ、あくまでルールに則《のっと》ったもの。ＧＭに通報してもお咎《とが》めは無い。彼《かれ》らはその辺のグレーライン上で狩りを楽しんでいるのだ。

「あの時は五人だったかしら？　たちの悪いのにからまれちゃって、あたしはまるで暴漢に襲《おそ》われようとしている少年漫画《まんが》のメインヒロインみたいな状況《じょうきょう》になってたの」

自分でメインとか言っちゃったよ、この人。

「あたし、そこで「その汚《きたな》い手を離しやがれ、ゲス野郎《やろう》っ！」って言ってやったの」

「いやそれヒロインの台詞と違うから！」

むしろそれで相手の怒《いか》りを買っちゃったんじゃないかと思えてきた。

「そしたらリーダー格っぽい人が頭の悪そうな台詞を吐いたから「いるのよねーリアルでは何もできないチキンの癖《くせ》に、ことゲームの中では妙《みょう》に悪ぶって見せたりして。いわゆるこれは、かまってちゃんの集まりなのかしら？」って言ったら、彼ら急に荒々《あらあら》しくなっちゃって、ヴァーチャルなのに怖気《おぞけ》を感じちゃった♪」

感じちゃった♪　じゃねえよ！　そりゃそうだろ。

「そんなんだからあたしは、「助けてー」って叫んだの」

やっとまともなこと言ったと思ったらそれか。

「助けを求めてから彼女はすぐに現れたわ。きっとあたしの思いをどこかで感じていたのね」

いや、あの時はたまたまフィルムスに戻る最中にたまたま通りかかっただけで……。

「颯爽《さっそう》登場！　って感じで悪漢の前に立ちはだかったのは、純白の修道服を着た少女」

完全に相手が悪漢扱《あつか》いになってるよ。

「彼女のレベルと職業《ジョブ》では到底《とうてい》その悪漢共には敵《かな》わないんだけれど、迷わず高価なアイテムを使ってその場を切り抜けようとしてくれたの」

そういやあの時は【火粒華《かりゅうか》の実】を使ったんだっけ。複数同時攻撃《こうげき》が可能な爆弾《ばくだん》みたいなやつで、あのレベルのプレイヤーなら一撃《いちげき》で片づけられる。当時はすごい高価で護身用に一個だけ持ってたんだけど、ここが使い時かな？　って思って。

「みんなそれにおののいて退散。事無きを得たのよね？」

まるで俺に尋《たず》ねるようにしてくる姫。なんでだ？

「その後、彼女とちょくちょく話をするようになって、結成したばかりのギルドがあるから入らないか？　って誘《さそ》われて……」

思い出を辿《たど》るように話す彼女の顔はとても楽しそうだ。俺もなんとなく昔を思い出す。

昔といってもそんな大昔じゃないけど楽しい思い出がたくさんある。雫《しずく》とギルドを作って、そこに姫が入ってきて、間もなくしてましゅーとリコッタに会い、最後にユーグが現れた。

夜遅《よるおそ》くまでお喋りしたり、時にはもめたり、喧嘩《けんか》したり、失敗したり、そんな日々が心地《ここち》

良《よ》くて――――彼女らと過ごした日々が脳裏《のうり》に流れる。

それらはすべて、リエルとしての思い出。だけど今の俺は完全に騎士様状態。このキャラも悪くないが、これはこれでなんか違う気がする……。

追憶《ついおく》から現実に戻ってみれば、隣で俺を見つめている姫がいた。そして――

「あたし……リエルがいなかったら、ゼクスの中でもずっと一人ぼっちだったかも……」

「……え？」

なんだ？　なぜそのタイミングで俺を見る。しかも姫の瞳はいつものように吊《つ》り上《あ》がっているきつめのものとは違い、今は艶《つや》っぽく潤《うる》んでいる。

なんでリエルの話ばかりを俺にするんだ？　どうして？

もしかして……姫は俺がリエルだという事を知っている!?　そうであるなら自動的にもう一つの事実が浮かび上がる。俺＝リエルだと知っている人物はただ一人しかいない。

そう――――ユーグだ。

確信に近い思いが俺の中に広がる。

「あのさ、姫って……」

「あーーーーっ、あーーーーーーーーーーーっ」

「いっ!?」

びびった。姫が突然俺《とつぜんおれ》の声を掻き消《け》すように大声を上げたからだ。

「な、なんだ？　どうした⁇」

「ああ、もうこんなじかんだわ。たいへんたいへん」

彼女は物凄《ものすご》い棒読み台詞を吐きながら腕時計《うでどけい》を見る仕草をする。

「いや、おまっ、時計なんかしてないじゃんよ！」

「はやくかえらないと、パパんにおこられちゃう。じゃあ、またゼクスでね」

俺が携帯《けいたい》で確認すると午後四時を回ったところだった。こんな時間ってほどじゃないし、それに太陽だってまだガンガンに出てる。しかしそれを突っ込む間もなく彼女は勢い良く立ち上がり、韋駄天《いだてん》の速さで走り去っていってしまった。

この反応は怪《あや》しすぎるだろ。

ベンチに一人残された俺は、その場でしばし考えた後、自転車を転がし家路に就《つ》いた。

×　×　×

◆　オンライン　◆
これはもう確定だな。

俺は脳内で呟《つぶや》いていた。この間の姫のあの反応。あれは間違《まちが》いなく黒だ。彼女がログインしてきたら、今日こそはっきりとさせてやる。そう思っていたのだが……。

「おそい」

俺の隣で雫が不機嫌《ふきげん》そうにしている。周りにはましゅーとリコッタもいて同じように暇《ひま》そうにしていた。

俺達が立っている場所は王国広場入口。今日はここで開かれる【幸福市】にみんなで行く予定なのだ。だが姫だけが約束の時間になっても未《いま》だに現れず、待《ま》ちぼうけの状態。

「そろそろ我慢《がまん》の限界なのだが？」

「まあまあ、もう少し待ってみようよ」

苛《いら》立《だ》つ雫をなんとかなだめる。すると間もなくして目の前に緑光が散った。

《【白うさ姫】がログインしました》

光が集束して消えると、その中心に金髪の見目麗《うるわ》しい少女が現れた。

「あら？　今日は幸福市の日じゃなかったかしら？　みんなここでなにしてるの？」

顔を上げた彼女は不思議そうにメンバーの顔を見やる。

「うさっころを待っていたに決まっているだろ」

雫は俺の前に進み出てそう言い放った。

「それはどうも。雫、あんたにしては殊勝《しゅしょう》じゃない？」

「お前がログインした時に、「誰もいない！　寂《さび》しくてあたし死んじゃう！　ウサギだし！」とか言い出して鼻水流しながら泣《な》き真似《まね》をするのが目に見えていたからだ。そんな姿で街をうろつかれたら我がギルドの品格が下がるからな」

「はあ⁉　あたしそのくらいじゃ泣・き・ま・せ・んー。それに泣き真似なのになんで鼻水だけ出てんのよっ」

「おや？　私はそういった特技を持った人間が探偵《たんてい》ナイトスコープに出てたのを見たことがあるぞ」

「あたしじゃないわよっ！」

いつもの罵《のの》り合いが始まった。これは放っておいたら明日の朝まで平気で続く勢いだ。一度経験済みだから分かる。なので俺は適当なところで割って入ることにした。

「どうどう、どーう」

まるで馬を宥《なだ》めるようにすると両側から俺に冷たい視線が向けられる。それでもなんとか二人に鞘《さや》を収めてもらい、俺達は王国広場に足を踏み入《い》れた。

広場は活気に満ちていた。なんという人、人、人。これじゃあラグが発生しかねない。こんなにプレイヤーがいたんだって改めて感じさせられる光景だ。なんとか姫と話したかったが、こんな混雑の中じゃ今は無理そうだ。

幸福市。それは王国城内広場を一般《いっぱん》プレイヤーに大々的に開放し、持ち寄ったアイテムを売り買いするバザーの事。個人的なバザーってのは普段から道端《みちばた》でよく見かける光景だけど、このイベントはゲーム会社側が企画《きかく》したもので、催《もよお》しを行うステージが設置されたり、楽隊のパレードとか、特殊《とくしゅ》な装備が当たる抽選会《ちゅうせんかい》とか、普段はお目にかかれない特別なNPCやオブジェがお目見えしたりする。だからこの日を楽しみにしている人も多く、大規模なバザーとなるのだ。いつもより安くアイテムが手に入ったりするからこの日を狙《ねら》って買い物をする人も多い。

人が溢《あふ》れる中、俺達はプレイヤーが出店している露店《ろてん》を見て回っていた。格安の鎧《よろい》や、掘《ほ》り出し物《もの》の剣《けん》など目を引くものはたくさんあったが、一行が足を止めたのはそういった店じゃあなかった。

「あーこれ美味《おい》しそうにゃー」

リコッタが指差したのは棒に刺《さ》さったカラフルな飴《あめ》。赤や青、緑、黄色、はたまたマーブルな感じのものまで色とりどりの飴が並んでいる。始まりの森で取れるゴリンの実と、ボルボルとかいう植物モンスターからドロップするボルボルの蜜《みつ》を使って合成したゴリン飴だ。調理スキルがレベル5もあれば合成できる初心者アイテムで、たいして珍《めずら》しいものでもないのだが、こうして綺麗に並べられるとリアル夏祭りでの屋台を彷彿《ほうふつ》させてなんだか楽しい気分になってくるから不思議だ。

「どぉーら、好きなのを一個買ってあげよう」

「わーい、にゃ」

なんか理央《りお》にせがまれてる感じがして俺はついつい財布《さいふ》の紐《ひも》を解いてしまう。リアルではこんなこと無いしな。あ、昔はそんなこともあったかな？　あと「わーい」にまで「にゃ」をつけなくてもいいと思うぞ。

それにしてもリコッタはどっからアクセスしてんだ？　自室にＰＣあったっけ？

そんなことを思いつつ、俺はトレード画面を開く。

「これ一つ下さい」

「はい、まいど！」

「あ、おじさん、もう一つ追加でお願い」

「へい、も一つまいど！」

横から姫がしれっと注文しやがった。

「なにょ、いいじゃない。この前リアルでアイスおごってあげたでしょ」

「あっ、こらっ」

「「「はい??」」」

何気ない姫の発言に残りのメンバーが驚嘆《きょうたん》の声を上げげた。

「ひ、姫ちゃん達は……あのオフ会の後も、リアルでも会ってるのですかー？」

ましゅーが涙目《なみだ》で姫にすがりつく。

「騎士様とはたまたま学校が近かっただけよ」

姫はそんなふうに言いながらも少し自慢気《じまんげ》。だがそこで雫が肩を震《ふる》わせて不気味に笑い出した。

「ふふふふふ、実は私もあの後、騎士様とリアルで会っているのだ」

「「「なんだって⁉」」」

再び周囲から驚きの声が上がった。

「い、いつの間に?? ど、どこで会ったのよっ！」

動揺を隠《かく》せない姫。それに対し、雫はおちょくるような態度を取る。

「さあ、どこだったかなー？」

「なっ、なによ、ちゃんと教えなさいよ！」

「まあ確実に言えることは、騎士《きし》様が私の下着を自らの懐《ふところ》に入れたという事実だな」

「「はあっ⁉」」

「ちょっ⁉　アホなこと言わんでくれ！　懐とか入れてねえし！　ただ手に取っただけだろ！」

「手に取ったのね？」

姫が白い目で俺を見ていた。

「いやいやいや、そうじゃなくて！」

弁解もままならぬうちに雫が追い打ちをかける。

「ちなみにそのまま私の家で朝まですごしたりもした」

「なっ⁉　なんでそういうことになってんのよ‼」

「うぅ……騎士様、それは本当のことなのですか？」

姫とましゅーが俺ににじり寄る。

そこへリコッタが猫《ねこ》耳をピクピクさせながら視界の中に飛《と》び跳《は》ねてくる。

「それならリコッタも騎士様とは同棲《どうせい》しているようなものにゃ」

「うおいっ⁉　またそんな言い方すると誤解を招くだろがっ！」

「まさかあんた……」

姫が軽蔑《けいべつ》の視線を向けてくる。

「違《ちが》う、違う！」

なに？　なんなのこの流れ？　涙出てきた。

「み、みんなずるいです……わたしの知らないところで楽しんでるのです……」

ましゅーのうるうるが止まらない。

でも今日の彼女はいつもの彼女とちょっと違っていた。むむっと口を引き結び、意を決したように思い切ったことを言い放ったのだ。

「そ、それならわたしが第二回オフ会を企画するのです！」

それにはみんな驚いた顔を見せていたが、

「いいわね」

「いいんじゃないか」

「いいにゃー」

とすぐに賛同の声が出揃《でそろ》う。無論、俺の意見なんか最初からノーカウントだけど。

そんなわけでこんな場所で突然、第二回オフ会が決定してしまった。

×　　×　　×

［件　名］（未記入）
［差出人］ユーグ［kishisama666@motmail.co.jp］
［宛　先］慧太《けいた》［wan_U-x-U@pocomo.co.jp］
《僕の知らない所で色々と節操の無いことをしているようだね。
あまり感心できないなあ。
それはそうと次のオフ会、楽しみにしているよ》

# #08【フレンドリストが空欄でヤバイ】

◇　オフライン　◇

ましゅーの提案で突然決まった第二回オフ会。その当日がやってきた。

俺はマスターに小言を言われつつもバイトの休みをもらっての参加。急にオフ会とか微《び》妙《みょう》に困る。

待ち合わせしたのは前回と同じ池袋《いけぶくろ》……ではなく、なぜか俺んちの最寄《もよ》りの駅。なんでかっていうと、みんなが騎士様の地元がいい！　って言ったから。ホントになんでだよ！

駅前は新しい建物の中に、なんとなーく昔ながらの街並みが混在していて雑多な雰囲気《ふんいき》がする場所だった。

「ふーん、ここが騎士様の住んでる街かー。意外と近かったわね」

姫《ひめ》は周囲の風景を見回していた。彼女は白いワンピースに幅広《はばひろ》の帽子《ぼうし》といった出《い》で立ちで、いかにもお嬢様がリゾートにやってきましたよ！　って感じの格好。それがまた周りの街並みから浮きまくっている。

「で、騎士様の家はどっち？」

「なんでいきなり俺んちの場所を聞く！」

「お邪魔《じゃま》するに決まってるでしょ？」

「やめてくれ！」

「なんでよ？」

『探《さぐ》られたら困るものがあるから』

いつもの着ぐるみゴロチュウを着込んだ雫《しずく》がボードを掲《かか》げた。

「なによそれ？」

『エロＤＶＤ』

「……なっ⁉」

姫は真っ赤に染まった頬に両手を当てた。

「何を言い出すんだお前は！　そんなものは無い！　断じて無いぞ！」

「リコッタは隠してる場所知ってるにゃー」

「な……んだと⁉」

リコッタはフリフリとした短めのスカートを履《は》いていて、裾《すそ》を揺《ゆ》らしながら楽しそうに言う。

「なんと言ってもリコッタは同棲してるからにゃー」

「あ、あんた本当に……そういえば今日彼女と一緒《いっしょ》に現れたわよね？」

姫はぷるぷると震えている。

「いや、だから違うって！　だってリコッタは俺の妹だし」

「!?」

言った直後、姫はまるで腐乱《ふらん》死体でも発見してしまったかのような目を俺に向けてきた。

「あんたまさか……彼女に自分のことをお兄ちゃんって言わせてるの？」

「いや……言わせるもなにも実際そうだし」

「とうとうそこまで……いくら妹萌《も》えだからって、そんな無理矢理……」

「なんか勘違いしてないか!?　本当に妹なんだってば！」

「どうしよう……騎士様と同い年だけど……あ、あたしも……双子《ふたご》の妹とかいう設定にしてもらえるかしら……」

何かボソボソと姫がおかしなことを言い出した。

「あっ、あっ、それならわたしも妹にして欲《ほ》しいのですー」

白い肩が眩《まぶ》しいノースリーブシャツのましゅーが後に続く。

「ちょっ!?　ましゅーまで何を言い出すんだ！」

『お兄ちゃん！』

「やめい！」

突然、義妹《ぎまい》ならぬ偽妹《ぎまい》が三人増えてしまったところで、本物の妹の方はいてもたってもいられなくなってしまったようで、

「なんか楽しそうにゃ……ならリコッタも義妹設定から、実妹《じつまい》設定に今だけ切り替えるにゃ」

いや、お前は最初から実妹だから！

「では四姉妹ってことですねー」

ましゅーがそう言うと、早速《さっそく》姫がびしっと伸《の》ばした指先をリコッタに向ける。

「ならあたしが長女ね。ちょっと、そこの妹。騎士様、いえ、お兄ちゃんの家に案内しなさい」

「わかったにゃ！　こっちだにゃー」

命令を下されたリコッタはなぜだか素直《すなお》にそれを聞き入れ、家の方に向かって歩き出す。

気付けば彼女の後にメンバーがぞろぞろと続いて列を成していた。

「おい、ちょっと待ってよ！」

言ってはみるが一行は止まらない。道筋をどんどん進んで行ってしまう。

まあ俺としては家にこられることが嫌《いや》なわけじゃない。どちらかというとそこに至るまでの道程に問題があった。俺んちに行くには必ず商店街を通らねばならず、そこには言わずもがなバイト先の喫茶店《きっさてん》があるのだ。今回急遽休暇《きゅうきょきゅうか》をもらったにもかかわらず、女子四人に囲まれて遊んでいるところをあのマスターに見られたら、後々何を言われるか分かったもんじゃないからだ。それだけは避《さ》けたかった。あの人、ねちっこいからね。

で、すでに一行は問題の商店街に辿り着《つ》きそうになっていた。あと数十メートルも行けば喫茶《きっさ》ロープレだ。俺は焦りながら彼女らの興味を引けるものがないか周囲を見渡《みわた》した。

しかしここは古ぼけた感じの商店街。若い女子が興味を示すようなものはそうそう転がってはいない。視界の中に入ってくるのは、ちょっとひなびた感じの〝何でも買い取ります〟的なショップくらい。古本から中古ＤＶＤ、玩具《おもちゃ》、ゲームまで幅広く扱っているが、前世紀から取り残された感のある店構えで、商品はどれも埃《ほこり》をかぶっているような状態。

店頭にはワゴンが置いてあって、往年の名機ファミコソのカセットが山積みになって投げ売りされていた。こういう所にプレミアついてそうなのが意外に混ざってたりするんだよなあー……………って、これだ！

ひらめいた俺はワゴンの中から一本のカセットを掴《つか》み上げた。

「あーこれは彼《か》の名作ドラク工Ⅲじゃないか。リメイク版でしかやったことないけど俺、

〝あの装備〟手に入れるのに燃えたんだよねー（棒読み）」

「なに？　どうしたの、お兄ちゃん」

「何が萌えたのですか？　お兄ちゃん」

「何かあったにゃ？　お兄ちゃん」

『お兄ちゃんが萌えたと聞いて』

すごい食いつきようだった……。

さすがに無理があるんじゃないかと思ったけど案外いけたな。

「い、いや……ほら、これに出てくる〝あぶない水着〟っていう装備を手に入れるのに超《ちょう》燃えてさー………というか、それとは関係無いけど、その呼び方、いい加減に止めてくれないかなあ……なんかむずがゆい」

「結構気に入ってたんですけど、騎士様がそう言うのなら止めにするのですー」

名残惜《なごりお》しそうに口をすぼめるましゅー。そこへリコッタが、

「騎士様は〝あぶない水着〟に萌えたのにゃ？」

「え？　あ……ま、まあね……」

適当なことで呼び止めてしまったわけだから、適当に誤魔化《ごまか》すより他はない。でもなぜか周りで「水着ねえ」「水着かあ」とか言いながら真剣に何かを考えている彼女らがいた。

この隙《すき》に第二の布陣《ふじん》を整えておかなければならない。このネタではそう長くは引っ張れないからな。そこで目が行ったのは電器店の向かい側にある雑居ビル。その上階フロアに入っているカラオケ店の文字でピンと来た。

「ねえ、みんなでそこのカラオケにいかない？」

俺がそう言って誘うと、

「どうしていきなりカラオケ？」

と姫が首を傾《かし》げる。それもそうだ。こんな真っ昼間からカラオケに行く奴《やつ》はあんまりいない。大体あれだよね。昼間散々遊びまくって、そろそろ日も暮れてきたけどまだ全然遊び足りなくて、じゃあオールでいっとく？　って感じで行くのがカラオケだろう。集まって早々に入るような店じゃあない。でも、

「まあ騎士様が行きたいって言うなら、あたしは別にいいわよ？」

「わたしも賛成なのですー」

「リコッタはアレとアレとアレを歌うにゃー」

「じゃあ決まりで」

なんだかんだで誘導《ゆうどう》成功。俺は上階に向かうエレベーターのボタンを押した。

しばらくしてエレベーターが到着。いざ乗り込もうという時になって、雫の様子がおか

しいことに俺は気づいた。扉《とびら》の前で足を止め、うつむき加減でいる。フードがあって表情は分かりにくいが、それがどこか憂鬱《ゆううつ》に映る。

「どうした？　気分でも悪いのか？」

俺は心配になって尋ねた。すると、

『ここは闇《やみ》の瘴気《しょうき》が強すぎる』

平常運転だった。

「はいはい」

適当に受け答えてやると、彼女はすぐに同じエレベーターに乗り込んだ。

×　×　×

目的のフロアに到着。そこには、こぢんまりとしたカラオケ店があった。各部屋からは歌声が漏《も》れてきていて、こんな時間からでも結構繁盛《はんじょう》しているようだった。

俺達は五人で余裕《よゆう》なサイズの部屋に案内される。部屋に入るなり姫が、「清潔とは言えない場所ね」とか言い出した。そんなことを言いつつも真っ先に予約を十曲連続で入れて、まるで単独ライブ状態になっていたのもまた、姫だった。

「手拍子《てびょうし》と掛《か》け声《ごえ》が足りないわよっ」

間奏中に注意される俺。

「てか、なんでアイドル声優の曲ばかりなんだよ」

「なに、なんか悪いの？」

「いやさ、なんかのアニメの主題歌ならまだしも、オリジナル曲だとその声優さんを追ってるファンじゃないと分からないし」

「でもあんた、そのオリジナル曲を分かってんじゃない」

「いや俺は……」

それはね……全部俺が好きな声優さんだからだぁぁあっ！　つーか俺がファンだって知ってててやってるような選曲じゃねーか。なんで分かるんだよ。思わず合いの手入れそうになっちゃったじゃないか。ちなみに声優さんは二次元の住人扱いですよ。

「まさか、俺の好みを知っていて？」

「はっ⁉　な、なに言ってんのよ！　そんな訳ないじゃない！　たまたまよ、たまたま」

「そうか、そうだよな。知ってるわけないしな」

「そ、そうよ！　っていうか、これ歌ってる本人より、あたしの方が断然かわいくない？」

言ってはならぬことを言った！　言ってはならぬことを言った！　大事なので二回言い

ました。

「はいはい、かわいいかわいい」

俺は無感情に、そして無表情に肯定《こうてい》してやった。

「バ、バカっ！　あ、当たり前のこと言わないでよねっ！」

姫は突然、あたり散らしたかと思ったら、マイクを放《ほう》り出《だ》してソファーの上でうずくまってしまった。なんのこっちゃ……。

「じゃあ次はわたしが歌うのですー♪」

残り全曲が取り消しになったところで、ましゅーがハミングしながら立ち上がった。

マイクを継《つ》いだ彼女が何を歌い始めたかと言うと、まず最初に気道戦史ガンガムSEEP《シープ》のオープニング主題歌、続いてガンガムSEEP《シープ》Destroy《デストロイ》、ガンガムQQ《ダブルキュー》とガンガムメドレーを披露《ひろう》した後、羅帝教師タイプマン・へボーン、鉛魂《なまりだま》、弾球《ドッジ》の皇子様ミュージカル版、と少年ヅャンプ系が続き、シメは老後の年金術師だった。なんという腐女子メドレー。BL本大人買いしてた時から感じてたけど、やはり真性でしたか。

「はぁはぁ……ちょっと歌いすぎましたー。頭がくるくるするのですー」

それを言うなら「くらくら」なんじゃないかと思うが、まあどっちでもいいや。くるくるしちゃったましゅーはそれでマイクを手放した。

「はいにゃ、次はリコッタが歌うにゃ」

待ってましたと言わんばかりに立ち上がったリコッタ。

俺は我が妹が何か歌ってるとことか見たことないぞ。鼻歌すら聞いたことないし。

そうなると俄然《がぜん》興味が湧いてくる。そして曲がスタート。

「どっとぅとぅー♪　どっとぅとぅー♪　でってってってってー♪」

なんか前奏まで歌い出した!?

「グロッ♪　グロッ♪　グロッ♪　いざ開腹～♪　はらわた、ぶちまケーロっ♪」

こ、これは……グロロ院長の主題歌じゃねえか！　宇宙からやってきたヤブ医者院長が地球で暴れ回るっていうアレだ。お前小さい頃《ころ》からグロロ好きだったもんなあ……。

彼女はその後もグロロ院長の第七期まである主題歌、全十一曲を全部歌い上げた後、最後にデス星からやってきた殺し屋猫耳宇宙人が主役のアニメ、デ・ス・キャラットの主題歌を歌う見事な宇宙人主人公ものメドレーを完成させていた。

自身もニャニャ星人とか言ってたし、なんなの？　この宇宙アピール感。

「あー満足にゃー」

そう言ってリコッタはマイクを放り投《な》げた。それを思わずキャッチしてしまう俺。

あと歌ってないのは俺と雫だけだが…………彼女の方を見るも当の本人はホワイトボー

ドがお友達の人。どうあっても歌いそうにない。現にボードには、

『パス』

と書かれていた。そういや今までそれほど詮索《せんさく》しないできたが、なんで彼女は喋らないんだろうな。まあ今はそのことは置いといて、仕方がないので俺が歌うことにした。

「何にしようかなー」

デンモクをいじりながら考える。といっても最近のJ-POPとか良く分からん。結局アニソンしか知らない。でもご覧の通りみんな見事にそっち系統の歌しか歌わないから、その辺のところは気にしなくてもよさげだ。

とりあえず無難な一曲に決めようとしていたその時だった。

「騎士様、リコッタとデュエットしようにゃ」

さっき歌い終えたばかりの彼女がそう言ってきた。

「デュエット⁇　俺が知ってる曲であったかなあ」

脳内曲目録を検索《けんさく》していたところだったが、リコッタの手の方が早かった。いつの間にか曲予約がなされていてメロディが流れ始める。

「どんな曲でも一緒に歌えばデュエットにゃ」

「そ、そうか？」

なんか違う気もするが、まあいいか。それに流れてきた曲は俺も良く知るアニソンだったし。

しかし人間とは分からないもので、適当に歌うつもりがいつの間にか気持ちが盛り上がってきてしまって、最後の方にはかなり熱唱している自分がいた。

なんか妹とこうして一つのことで盛り上がれるなんて久しぶり……いや、初めてのことだったからかもしれない。いつの間にか五曲連続で歌ってしまっていた。

「あーノドがしんどぃ……」

「た、楽しかったにゃー。じゃあ、もう一曲……」

「マジでか⁉」

引き気味の俺をよそにリコッタがデンモクに手を伸ばす。流れに押し切られ、そのままリコッタと連続三曲、終わった後に今度はましゅーが一緒に歌うと言い出して、これまた連続四曲。これでやっと解放されると思いきや、姫が手を挙げて……

そこで無限ローテーションの始まりを感じた俺は、ここで降りないとマジ死亡！　と思い、半ば強引《ごういん》にマイクを捨ててソファーに寝《ね》そべった。その様子に姫はぷっぷくぷーっと頬を膨《ふく》らませて抗議《こうぎ》していたが、しばらく経《た》つと諦《あきら》めたのか一人で歌い始めていた。

ふぅ……なんとか生き延びた。

息を吐いて、氷が溶《と》けきってしまってやたらと薄い烏龍茶《ウーロンちゃ》を口にする。

あぁぁ～、染《し》み渡るなあ。

思わず一気に飲み干してしまう。ようやく喉《のど》も体も落ち着いてきたところで、俺は室内の変化に気がついた。

あれ？　雫がいない。

デュエットタイムが始まる前まではそこにいたはずなのに、いつの間に姿を消したのだろう。トイレにでも行ったのか？

俺はなんだかその事がすごく気になって、こっそりと部屋を出た。

トイレの前辺りやロビーを調べてみたが雫の姿は無い。勝手に帰ったりはしないだろうけど……一体どこに行ったんだ？　一応通路に沿って店内奥《おく》の方も調べてみることにする。

各部屋のドアはガラス張りになっていて中の様子がうかがえる形になっていた。色んなグループがそれぞれに楽しんでいる姿があったが、この中に雫がいるはずもない。

ま、どうせ部屋に戻ったら俺の気遣《きづか》いなんか知る由もないって感じで、またそこに座《すわ》っているに違いない。そう思って踵《きびす》を返そうとした時だった。

目に止まったとある部屋。そこには俺と同年代と思《おぼ》しき高校生グループがカラオケを楽しんでいる姿があった。その五、六人の男女グループからは、俺とは無関係の世界で生きてるって感じの匂《にお》いがプンプンとしてくる。

そのグループ内にいる茶髪《ちゃぱつ》で巻き髪の女子。俺はそいつに見覚えがあった。

あれは……同じクラスの工藤美咲《くどうみさき》。見ればそこにいる他の女子も美咲さんと良く一緒にいる面々だ。あからさまにチャラい感じの男の方は、これもどこかで見たことあるような奴ら。多分クラスは違うけど同じ学校だ。それで、そんな奴らの中になぜか彼女を見つけた。

そう、雫だ。

「あいつ、なんであんなとこにいるんだ?」

しかもなんだか様子がおかしい。雫はグループが取り囲む真ん中に立ち、手にはマイクを持っている……というか持たされているように見える。あれだけ頑《かたく》なに外で脱《ぬ》ぐことを嫌《きら》っていたフードを今は脱いでいて、長い黒髪《くろかみ》が露《あら》わになっていた。

そこで俺はあるものを目にした。ニヤニヤと雫を見上げるとある女子の手に、見慣れたホワイトボードがあったのだ。

ただならぬ空気を感じた俺は迷わずその部屋のドアを開けた。

すぐさま中の声が漏れてくる。

「綾羽《あやはね》さーん、ほんと久しぶりじゃなーい。どうしたのぉ?　歌ってよぉー」

ボードを持つ女子の声が俺の耳に入ってくる。すぐに思ったのはなんで雫の本名を知ってるのかってこと。しかしそのことを十分に考える前にある男子の意識がこちらに向けられる。

「なんだテメェ？」

あーいかにも頭悪そうな口調だ。こいつが同じ学校だとか思いたくもない。でも俺って基本ヘタレですから、対応はあくまで平和的に。

「あーえーと……」

雫は俺の登場に困惑《こんわく》しているようだった。

どう説明しようか迷っていた時、俺に気づいた美咲さんが驚《おどろ》いたように声を上げた。

「さっ、鷺宮《さぎみや》くん!?　な、なんでここにいるの??」

その表情は戸惑《とまど》いながらも少し嬉《うれ》しそうに見えるのは気のせいか？

「なに？　知り合い？」

最初に俺に声をかけてきたチャラい男子が美咲さんに聞いている。

「ええっと……同じクラスの……」

彼女はどう説明しようか迷っているようだった。そこへ別の女子が言葉をかぶせる。

「ほら前にも言ったじゃん、うちのクラスのキモ鷺《さぎ》。ロリコンの」

「あーなるなる、なるほどねー」

ロリコンの、とかいう通称《つうしょう》はどうにかしてくれ。

「で、何用?」

なんかいきなり殴《なぐ》られて財布でも取られちゃうのかと思ったけど、意外にも話が通じる人のようだ。

「あ、いや……なんでここに雫……いや、綾羽がいるのかなあ……と」

「ん? ん? なに? いまいち状況がわかんねーな。俺はただ久しぶりにこんなとこでクラスメイトに会ったから一緒に歌おうぜーって声かけただけだけど?」

「ク、クラスメイト⁉」

俺はなんかとんでもないことを聞いた気がする。チャラ男は「何こいつ驚いてんだ?」ってな顔をしている。

「綾羽梓月《しずく》。俺と同じクラスで、お前からしたら隣《となり》のクラスだろ? まあ、新学期が始まって一ヶ月《かげつ》でヒッキーじゃあ知らなくても仕方ねえか。ひひひっ」

彼の下卑《げび》た笑いに同調するように周囲も同じように笑う。それにはさすがの俺もちょっとカチンときた。

それにしても雫が同じ学校だったとは、思いも寄らなかったな。

「まあ座ってけよ。彼女が一曲ひろうしてくれるっていうからさー」

俺はチャラ男にガシッと肩《かた》を掴まれて無理矢理《むりやり》ソファーに座らせられた。

「キモ鷺、あーたラッキーだったよぉー。これから面白《おもしろ》いものが見られるよー」

座った直後に名前も分からん女子からそう言われる。

面白いものってなんだ？　と思っていたそこへ、周囲からのしずくコール。

「しーずくっ♪　しーずくっ♪　しーずくっ♪　しーずくっ♪」

皆《みな》が皆、手拍子も交えてはやし立てる。ただ美咲さんだけはあんまり乗り気では無いようで、愛想《あいそ》笑《わら》いみたいなものを浮かべながら周りに合わせているようにも見えた。

そんな状況下に置かれた雫は不安そうにマイクを握《にぎ》り締《し》め、立ち尽くしている。ホワイトボードを奪《うば》われた彼女は何も言えず、その心中は分からない。

「雫……？」

俺が声をかけると、彼女は意外にも決意を固めたような表情を浮かべ、こちらに向かって静かに頷《うなず》く。

「やる」って言ってんのか？

ここで歌わなければ彼らは納得《なっとく》しないと考えたのだろう。雫は自分の意志で曲をセットした。

その行為に、「いぇーい！　ひゅーひゅー！」と指笛と歓声《かんせい》が上がる。

間もなくして前奏が始まった。荘厳《そうごん》で壮大《そうだい》、そして力強い出だし。

「なぁに？　この曲？」

「さあ？」

周囲はみんな首を傾げているが――――俺には分かるぞぉっ！

合体スーパーロボットの王道、賢者《けんじゃ》シリーズの中で最高傑作《けっさく》と呼ばれたシリーズ第八弾作品【賢者王ダオダイダー】の主題歌、【賢者王爆誕！】だ。

雫の細くて白い指先がマイクを強く握り直し、淡《あわ》いピンク色の唇《くちびる》にその先が近づく。

俺は緊張《きんちょう》で自分の喉が鳴るのを感じていた。なんと言ってもそれが初めて聞く雫の肉声だから。

前奏が終わり、緊迫《きんぱく》の時が訪れる。

スゥー……っと息が吸われ、雫のささやかな胸が僅《わず》かに膨らむのを見た。

次の瞬間《しゅんかん》――

「ダダダッ、ダダダッ、ダオダイダー！　ダダダッ、ダダダッ、ダオダイダー！」

まさしくそれは賢者王爆誕！　の出だしの歌詞で間違いない。

だが周囲はさっきまでの盛り上がりが嘘《うそ》のように呆然《ぼうぜん》……というか目が点になっていた。

奇抜《きばつ》なアニソンの歌詞に驚いたのではない。その歌声に驚いたのだ。

それは俺も例外では無かった。

なんというかその声は、彼女のクールな容姿からは想像もつかない――
キ、ン、キ、ン、の、ア、ニ、メ、ボ、イ、ス、だったのだ。
声優さんならばミラクルロリボイス四天王の中に混じっても遜色《そんしょく》ないレベル。始めはどこか別の所にスピーカーでもついてるんじゃないのかと、部屋の中を探してしまったくらいだ。ゼクス上ではボイスチェンジ機能で低く落ち着いた女性の声になっていたから、そのギャップがまたすごい。でもこれだけは言える――

その声は今まで聞いたこともない、透《とお》き通るような〝美声〟だった。

驚きがまだ治まりきらないうちに、突然この場に爆弾でも落ちたのかと思うような大音《だいおん》声《じょう》が上がった。

「ぎゃはははははははははっ!!　マジウケるーっ!!　ひぃーっ」

「ぶはははははっ！　あっはははははっ！　やっぱ綾羽、おもしれぇーっ！」

「くくくっ、どっから出てんの？　その声！　あははっ、ダメだお腹《なか》痛くなってきた！

ふひひひぃっ！」

「ぐはっ、きっつー、これはきついっー！　俺的爆笑度《ばくしょうど》ＭＡＸレベル越《こ》えたーっ!?」

俺と美咲さんを除いてみんなソファーの上で腹を抱《かか》えて転げ回っていた。それはもちろん雫の声に反応してのこと。治まらない笑い声の中で曲だけが流れ続けていたが、そこに歌声は無い。見れば雫はマイクを持ったままそこに固まるように立ち尽《つ》くしていた。

「しず……く?」

俺は彼女の異変に気付いた。マイクを持つ手は微《かす》かに震え、同じようにその小さな唇も震えている。頬は赤味《あかみ》を帯びていて、瞳はうっすらと潤んでいるようにも見える。

そんな姿、そんな顔、そんな目をした雫なんて今までただの一度も見たことは無かった。恐怖《きょうふ》、羞恥《しゅうち》、後悔《こうかい》、哀《かな》しみ、色々な感情が彼女から伝わってくる。今の彼女は俺の中で酷く脆弱《ぜいじゃく》な生き物のように映った。

「あーし、もうダめぇ～死んじゃう～っ、お腹よじれて死んじゃうよぉっほっほほっ」

茫漠《ぼうばく》としている雫の周囲でみんな目端《めはし》に涙まで浮かべて笑っている。その光景を見ながら俺は、生まれてこの方感じたことも無い、なんとも形容しがたい気持ちに心が支配されていくのを感じていた。どうやら俺の中にある何かに火が点《つ》いたらしい。

「……るいのか」

その何かが己《おのれ》の体をゆっくりと立ち上がらせる。

「……え?」

呟くように言った俺の声に周囲が気づき、何事かと注目してくる。

「悪いのかよ」

「は？　なにいってんの？　おまえ……」

彼らはまるで俺がおかしな奴みたいな顔をして見てやがる。まったく腹が立つったらありゃしない。

「悪いのかって聞いてんだ‼」

とうとう怒鳴《どな》り散《ち》らしちまったじゃないか。周囲はただならぬ雰囲気を悟《さと》って沈黙《ちんもく》する。

雫もきょとんとした顔で俺のことを見ていた。

「なっ、なあーに？　ちょっとキモいんだけど……」

不快なものでも見るような視線を送ってくる女子達《たち》。この異様な空気に耐《た》えきれなくなったのか、さっきのチャラ男がしゃしゃり出てくる。

「何、どしたの？」

彼は困惑した顔でこっちを見ている。

これでも俺は案外自分を客観的に見れているようで内面は冷静だった。だからこそ、それ以上語気を強める事無く落ち着いて語ったのだ。

「俺が言いたいのはね、なんでそんなふうに他者を蔑《さげす》むことができるんだってこと。お前らに出せんの？　この魅力的《みりょくてき》な声が。こんなイイ声なかなか無いよ？　逸材《いつざい》だよ？　将来声優さんになれっかもしれない。スゲーじゃん、才能じゃん。なんでその才能を笑うの？　ひがみなの？」

「いや……そういうわけじゃ……」

彼はボソボソと消極的に答える。

「なら、馬鹿《ばか》にするな」

「……え？」

俺は軽く言い放つと、名前も知らない女子の手からホワイトボードを回収する。未だポカーンとしている彼らの中で、美咲さんだけが心配そうにこちらのことをうかがっていたが、今はそれを気にしている場合じゃなかった。

そのまま雫のもとにつかつかと歩み寄ると、耳元に一言囁《ささや》く。

「出るぞ」

彼女《かのじょ》はまだぼんやりとしていたが、構わず細腕《ほそうで》を掴み、その部屋を出た。

×　×　×

商店街の通りにあるちょっとしたベンチ。そこに俺と雫は座っていた。勢い余ってそのままカラオケ店のあるビルを出てきてしまったのだ。

「なんか俺、変なこと言っちゃったっぽい？」

数分前のことを思い出してそう言うが、返事はない。当たり前だ。ホワイトボードが俺の手にあるんだから。それに今さらながら彼女の腕《うで》を掴んだままであることに気づき、慌《あわ》てて離《はな》す。

「おあわわっ⁉　っと、そうそうこれを返しておかなきゃ」

とりあえずボードを手渡《てわた》す。すると雫はまず背中で垂れていたフードをかぶり直し、その後でマーカーを手にして何か書き始めた。

『少女拉致《らち》監禁《かんきん》事件発生中』

「おい！　まだ監禁《かんきん》とかしてないしっ！　これからもそうゆう予定無いし！」

『少女拉致《らち》　事件発生中』

「そこだけ消しても違うから！　っんとにもう……何を書くかと思えば……」

少年漫画で身につけた微々《びび》たるヒーロー心をちょこっとばかり解放してみたら、結局これだよ……。でもやはり、そこはいつもの雫だった。フード下の顔は火照《ほて》りながらも落ち着《と》きを取り戻しているように見える。

「にしても驚いたね。雫の声、初めて聞いたよ」

彼女は恥ずかしそうに地面の一点を見詰《みつ》めたままだ。

「それだけイイ声してるなら普通《ふつう》に喋ればいいのに」

『コンプレッサー』

「空気圧縮機ですが、何か?」

『コンプリート』

「うほっ、やった。これでこのトレカ、フルコンプだぜぇっ!　とか?」

『コンフリクト』

「無駄《むだ》に説明が面倒《めんどう》くせぇ!　いいから普通にコンプレックスって言えよ」

ちなみにコンフリクト=矛盾《むじゅん》とか対立とか葛藤《かっとう》って意味ね。

『てへ』

「文字できまりの悪さを表現されてもね……それと、そこ!　舌出してる絵とか描《か》かなくていいから」

はあ……疲《つか》れる。

「まあ、無理に喋れとは言わないけどね。はいはい、俺が余計なことしちゃいました。すみませんねー」

そこで訪《おとず》れる突然の沈黙。街の喧騒《けんそう》だけが耳に入ってくる。

――しばらくして雫の手元が動いた。

『あなたは〝いつも〟そう』

「……いつも……って？」

雫はボード裏に別の文を書き、裏返して見せる。

『ギルド結成の日。覚えてる？』

「ああ、覚えてるさ」

そう答えてから俺は「しまった」と心の中で呟いた。後悔してももう遅《おそ》い。

確かに俺はギルド結成の日のことを覚えている。それには間違いはない。

でもその記憶《きおく》は〝リエル〟の記憶。騎士様である今の俺が知るはずもない。

×　　×　　×

ゼクスに初めてログインした頃、俺はぼっちだった。

それは俺だけに言えることじゃないよね？　どんなプレイヤーもゲームを始めた当初は誰《だれ》もがぼっちだ。それでもゲームを続けていくうちにパーティに誘われたり、会話の中で意気投合したりして自然とフレンドが増えてゆく。最初は俺もそういう道を辿って、いつの間にか「リストが足りねー」とか嘆《なげ》いている姿を想像してた。でも実際はそうじゃなかった。フレンドを作るのにコミュニケーション能力が必要なのはゲームもリアルも一緒だってことに気づいてなかったのだ。なんたる盲点《もうてん》！

リアルで女子の友達なんていないのは当然だったが、よくよく考えてみれば男友達も皆《かい》無《む》に等しかったのを忘れてた！　迷惑《めいわく》な体質からリア充を諦めて、ヴァーチャル世界での充実《じゅうじつ》、略して〝ヴァチャ充〟を目指したが、それすら無理だったという話。

俺はゼクスを始めてから毎日、何をしていいのか分からず街の広場で棒立ち状態。かといって自分から声をかける勇気も無い。もちろん、そうしているだけでもパーティへの誘いはかかる。それには聖職者《クレリック》という職業《ジョブ》が関係している。なんといっても回復系の職業《ジョブ》はパーティの要《かなめ》だし、必ず一人はいないと狩りが始まらないから。引《ひ》っ張《ぱ》り凧《だこ》ってやつ？

そのまま参加させてもらって、人数が揃《そろ》うと所定の狩り場《ば》へGO。言われるがままに回復役として仕事をこなし、経験値をがっぽり頂く。でもその間、パーティの中で会話は無い。いわゆるレベル上げパーティだから。

そんなパーティでも、たまに声をかけてきてくれる人もいる。だけどそのほとんどが、俺をリアル女子だと思っている下心見え見えの男子プレイヤーで、やたらと粘着《ねんちゃく》されてしまったり。時にはこの人は大丈夫《だいじょうぶ》そうと思ってフレンドリストに登録してみたら、その日から迷惑メールが大量且《か》つ、執拗《しつよう》に届いて大変なことになり、あえなく削除《さくじょ》することになったり。ここで「俺、実は男なんすー」って告白すればフレンドになれるやもしれないと思った時もあったが、相手を騙《だま》していたという罪悪感から明かすタイミングを失うこともしばしば。

そんなわけで常時フレンドリストは空欄《くうらん》状態。そしてまたあの広場で何をするわけでもなく棒立ちの日々。そろそろこのゲームも飽《あ》きたなあ。やめようかなあ。そう思い始めていた頃合《ころあ》いだった。

いつも俺が誘われ待ちの為《ため》に立つ場所。そこは柱のようなモニュメントの真横なんだけど、そのモニュメントを挟《はさ》んだ反対側に、俺と同じように何かを待つようにして立っている女の子キャラがいた。でもその子に会うのは初めてじゃなかった。俺が毎日そこで立ち尽くしている時には必ず見かけたから。

何を待ってるんだろうか？　いつからそこにいるんだろうか？　寝落《ね》ちしてるんだろうか？　色々と考えた。

その日もログインしてみたら、やっぱり彼女は昨日と同じ形でそこに立っている。

不思議な雰囲気のする獣使《ビーストテイマー》いの少女。

気になって柱の陰《かげ》からそっと覗《のぞ》いてみたら、彼女の瞳《ひとみ》だけがこちらを見る。寝落ちじゃない。となればこうも毎日同じ場所に立っていれば、向こうだっていい加減俺の存在に気づいているはず。

なんだろうねー？　そう思うと途端《とたん》に気になっちゃって。これも何かの縁《えん》かと思って勇気を振《ふ》り絞《しぼ》って声をかけてみたんだ。

「こんばんは。よくここで見かけるね。いつもこの時間にインしてるの？」

「気安く話しかけないでもらいたい。私は決して暇ではないのだからな」

「……は？」

冷めた視線が俺を貫《つらぬ》いた。俺にしてはかなり頑張《がんば》ったのに、この仕打ち。話しかけなきゃよかったと後悔。

「どう見ても暇でしょ」

俺は言い返さずにはいられなかった。

すると彼女はゆっくりと柱の陰から一歩進み出る。綺麗《きれい》な黒髪が揺れた。

「その言葉はそのままお前に返す。毎日、同じ場所に突《つ》っ立ってるだけじゃないか」

「それはお互《たが》い様《さま》でしょが！　それに私の場合はちゃんとパーティにも誘われたりしてますー。突っ立ってるってだけなら、それはあなたの方が当てはまるんじゃない？　ここ数日あなたがここを動いたところ見たことないし」

「ふん、何を言い出すのかと思えば……くだらない。どうせそのパーティとやらは人数合わせの雇《やと》われパーティのことだろ？　しかも誘われやすい回復系の職業《ジョブ》をわざと選んでるところとか痛々しい」

「ぐっ、ぐぬぬ……」

「図星だな」

「雇われで何が悪い。それでも、何も……」

「誘われないよりはマシとかいうのか？　見苦しいな。そういうのを目くそ鼻くそを笑うというのだ」

「いや、そのたとえだと、あなたもその中に入っちゃってるし！」

「ふん、お前と一緒にするな。私はここで人間観察をしているのだ」

「あなた、自分が今言った格言忘れたの!?　で、何？　観察??」

「そう、人というものはリアルよりも目的を制限された世界の中でどのような人間性を露わにするのか？　それをここで見極《みきわ》めている。他者との関《かか》わりを完全に排除《はいじょ》し、ゲーム内の目的にのみ猛進《もうしん》する者。または他者との関わりにだけ価値を見出《みいだ》す者。もしくはその両者を混在させながら臨機応変に渡《わた》り歩《ある》いてゆく者。等々……」

「もっともらしいこと言ってるように聞こえるけど、結局あなたもフレンドがいないんでしょ？」

不自然な間。

「特定のフレンドを持てば観察結果から平等性と正確性が失われる」

「なんだかんだ言っても似たもの同士ということね」

「だからお前のような者と同じに扱わないで欲しいと先程《さきほど》……」

「はあ!? まだそういうこと言う？」

「何か間違っているとでも？」

そこから言い争いが始まって、テンションを保ったまま延々と続き、彼女に軍配が上がった頃にはリアルで朝を迎《むか》えていた。

それからはログインする度《たび》にそのモニュメント横までやってきて、彼女と言い争《あらそ》う毎日が始まったんだけど、そんな事をしているうちに「広場で掛け合い漫才《まんざい》をやってるプレイ

ヤーがいるぞ！」ってサーバー内で噂《うわさ》になり始め、次第《しだい》に周囲からの視線に晒《さら》されるようになってしまって……。

注目されるのが苦手な俺達《おれたち》はギルドハウスなら周りに迷惑もかからないし、視線を気にしなくてもいいっていうんで、二人でお金を出し合って小さなギルドハウスを購入《こうにゅう》することにした。当然、購入条件に〝ギルド設立者であること〟というのがあるので、それと同時にギルドを結成したのだった。もちろん話し合いすらなく彼女がリーダーってことで。

それが二人だけのギルドの始まりだった。

×　×　×

『あなたは〝いつも〟そう』

それはさっき見せられた文。でも文末に文字が書き加えられていた。

『あなたは〝いつも〟そう。余計なことをして私を巻き込む』

それがどういう意味だか俺にはピンとこない。そんな今の俺の状態を知ってか知らずか、彼女は新たな文を書き起こす。

そして――そこに書かれた文章に俺は瞠目《どうもく》した。

『私がギルドにいるのはリエルのせいおかげ』

ボード越《ご》しに雫のことを見る。すると彼女は恥ずかしそうに目線をそらした。だがすぐに俺の肩に微かな重みが載《の》るのを感じた。

雫が自ら体を寄せてきて、俺の肩にその小さな頭を預けてきたのだ。

声が出なかった。己の体質のことも忘れてしまうくらいに驚いて固まった。

そしてそれ以上に文面にあった【リエル】という名前に愕然《がくぜん》とする。

この流れでその名を俺に見せるということは言わずもがな……。

「なんで……お前、俺が……リエルだって……知ってんだ？」

俺が恐《おそ》る恐る問うてみると、雫は恥じらいながらも円《つぶ》らな瞳で視線を合わせようとする。

伏《ふ》し目がちだった瞳が初めて互いの間で交じり合い――

俺はそれだけで、自分の心臓が強く拍を打つのを感じた。さらりとした前髪《まえがみ》が揺れ、柔《やわ》らかそうな白肌《しらはだ》の頬はほのかに朱《しゅ》に染まり、唇は小さな果実のように瑞々《みずみず》しい。彼女の黒目に映った自分が、そのままそこに吸い込まれてしまうんじゃないかという感覚に陥《おちい》りそうになる。刹那《せつな》――

「そんなこと、みんなとっくに知ってるわよ」

「……え？」

突如《とつじょ》背中から声がした。思いも寄らぬ場所から返ってきた答えに俺は驚く。

それは姫の声だった。

振り向《む》けば彼女を筆頭にギルドメンバー全員がそこに揃って立っていた。みんな腰《こし》に手を当てムッとした顔でこちらを見ている。そんなんだから俺と雫は慌てて身を起こし、姿勢を正す。そこへ姫が、

「まったく、さがしちゃったわよ。いつの間にかあんた達だけでいなくなってるんだから」

「ご、ごめん……って、あれ？ リエルのこと……みんな知ってる？ えっ、え⁇」

俺が慌てふためいているとメンバー全員が俺の肩に手を置き、声を揃える。

「「「まあ落ち着け、リエル」」」

「それって……ど、どうゆうことぉぉぉっ⁉」

とんでもない事実の発覚に、俺は酷《ひど》く間の抜《ぬ》けた声で叫《さけ》んでいた。

# #09【騎士様が騎士様でヤバイ】

◆　オンライン　◆

オフ会終了《しゅうりょう》後の晩。ギルドハウス。

メンバー内の会話は今日の出来事が中心になっていた。

「バラしちゃうとか、不用意すぎるのよね」

テーブルの上に不作法に座っていた姫《ひめ》は、雫《しずく》に向かってそう言い放った。どうやらご立腹の様子。対して正しい姿勢で椅子《いす》に座っていた雫はイラッとした視線で姫を見上げた。

「そういううさっころも、みんなの知らないところで危険な橋を渡ろうとしてたのではないか？」

「そ、そんなことないわよっ。そもそも、みんな騎士様がいけないんじゃない！」

「お、俺⁉」

テーブルを挟んで彼女らの向かいに座っていた俺は、ビシッと指を差されて仰《の》け反《ぞ》った。

ちなみに俺は今も騎士様の姿である。

「そうよ、みんなあんたの為に……色々大変だったんだからっ！」

「は、はあ……」

そう言われると俺は何も言えなくなってしまう。

あの後、色々と事情を教えてもらっていた。事の顛末《てんまつ》はこうだ。

彼女らが言うには最初にゼクス上で出会った時から全員が全員、リエルの中の人が男だと分かっていたという。「なんで分かったの？」と聞いたら「女の嗅覚《きゅうかく》をバカにし過ぎ」と言われた。「ネカマが嗅《か》ぎ分《わ》けられないのは男ぐらいなもん」てのもつけ加えられた。

メンバーは皆、知らないフリをして今まで俺に合わせてくれてたってわけ。

なんでわざわざそんな事をしていたのかっていうと――

オンラインで接しているうちにリアルで会ってみたいという気持ちが膨らむのは良くあること。でもリエルの場合、ネカマがバレたら気まずくなるだろうし、ギルド内からも今までの空気が失われ、俺がギルドから去っていってしまうのではないかという懸念《けねん》が生まれた。そこで彼女らが考えたのが俺を〝騎士様化〟する計画だった。

リコッタが俺の机から勝手にアカウント証を持ち出したことから始まったそれ。

メンバーそれぞれが持ち回りでユーグを育て上げ、こっそりギルドに加入させたのだということ。言うなれば全員が元騎士様、ユーグだったのだ。

みんな俺の為に気を使ってくれたんだな。ありがたい事この上ない。にしたってレベルキャップまで上げんでもいい気がするが……。

「もう、どうもとしか言いようがないです、ハイ」

俺はペコペコと頭を下げて感謝の意を表す。

それはそれで良かったのだが……まだ気がかりな事が残されていた。

そう……アレだけは返してもらわなくちゃ。

「でさ……別の話なんだけど……」

「なあに？」

姫がうっとうしそうな視線を向けてくる。そこへ雫が割り込んできて、

「なんだ？　私のスリーサイズでも聞きたいのか？」

「んなわけねえ！」

あとその情報は聞く価値があるのか？　と言いかけたが、寸前のところで止めた。危なかった。

「そうじゃなくってさ……俺のアバターって返してもらえないのかなあ……って」

「「「俺のアバター⁉」」」

そこで全員が驚きの声を上げてハモった。

「いや、リエルだよ！リエル！」

俺がハッキリと言ってやったら、みんなにすごい剣幕《けんまく》で捲《まく》し立《た》てられた。

「何言ってんの？　リエルは永遠《とわ》の人になったのよ？」

「リエルちゃんはわたし達の心の中で生きるのですー」

「騎士様はずっと騎士様のままにゃー」

「言ったはずだぞ？　騎士様を止めればあのポエムを白日の下に晒すと」

「えっ？　ちょっと⁉　なんの冗談《じょうだん》ですか⁉」

その後、彼女達《かのじょたち》とだいぶもめちゃって……。

すったもんだの末に〝騎士様も引き続きやる〟という条件で、なんとかリエルを返して貰《もら》えたんだけどね。

あーそうそう、あのカラオケの後のことなんだけど、結局俺のバイト先がみんなにバレちゃって大変だったんだ。それはまた別の話。

×　　×　　×

◇　オフライン　◇

ゼクスからログアウトすると携帯《けいたい》にメールが届いていた。ユーグからだ。
そういえば、あの一連のメールは結局誰が送っていたのか聞けず終《じま》いだった。
まだこんな真似《まね》をしてるのかと少々呆《あき》れ気味《ぎみ》にそのメールを開く。

［件　名］じゅてーむ
［差出人］ユーグ［kishisama666@motmail.co.jp］
［宛　先］慧太《けいた》［wan_U-x-U@pocomo.co.jp］
《君はもう過去のことだと思っているようだけど、僕《ぼく》からの〝あの告白〟
――――あれは本気だからね？》

〝あの告白〟って……リエルだった俺に港で言われたアレだよな？
ってことは……えっと…………
どういうことだ⁇

《Wait till next login!!》

# あとがき

どうも藤谷《ふじたに》あるです。新作をお届けいたします。

さて本作ですが、一言で言い表すならば、

〝オンラインラブコメ〟といったところでしょうか？

主人公やヒロイン達《たち》がオンやオフで色々やっちゃうムフフな作品になっております。肩《かた》の力を抜《ぬ》いて軽ーい気持ちでゆるゆるっとお楽しみ下さい。

それとは全く関係ない話ですが、自分、いつも九月にあとがきを書いているような気がします。調べてみたらこれで三回目でした。

だから何？

ええ、そうなんですけど……。でっ、でもほら、九月といえば時期的に新学年を迎《むか》える国もありますし、新シリーズを始めるには気持ち的に区切りがいいんじゃないかなあ……とも思いましてね。

え？　関係ない？

いや……まあ……そう言われちゃうと、どうにも……。

でも『九』という数字は十に一つ足りないっていうんで不吉《ふきつ》な数として扱《あつか》われたり、『苦』とも読めるので縁起《えんぎ》が悪いと忌《い》み嫌《きら》われてたり、悪い数字として……って、ダメじゃん！

えー……気を取り直してここで恒例《こうれい》の謝辞を。

三嶋《みしま》くろねさん。厳しいスケジュールの中、美麗《びれい》なイラストをありがとうございました。神と呼ばせて下さい。あと雫《しずく》のゴロチュウ姿が可愛《かわい》すぎて生きるのが辛《つら》いです。（笑）

担当のKさん。本作でも多くのアドバイスをありがとうございました。Kさんがネトゲ経験者だったことが非常に心強かったです。

他にも編集部の皆様《みなさま》、装丁《そうてい》様、営業様、本作が店頭に並ぶまでにお世話になった全《すべ》ての方々に御礼《おんれい》申し上げます。

最後にこの本を手に取って下さった読者様、ありがとうございます！

次の機会があればまた頑張《がんば》りますので、どうぞよろしくお願いいたします。

それとこれは余談なんですが、ネカマは意外にモテるらしいですよ？（無保証）

平成二十三年九月吉日

◆ご意見、ご感想をお寄せください……ファンレターのあて先◆
〒151－0053　東京都渋谷区代々木2－15－8
(株)ホビージャパン　HJ文庫編集部
藤谷ある 先生／三嶋くろね 先生

HJ文庫
341

俺のリアルとネトゲがラブコメに侵蝕され始めてヤバイ

2011年11月1日　初版発行

著者──藤谷ある

発行者─松下大介
発行所─株式会社ホビージャパン
〒151-0053
東京都渋谷区代々木2－15－8
電話　03(5304)7604（編集）
　　　03(5304)9112（営業）

印刷所──大日本印刷株式会社



ISBN978-4-7986-0312-4　C0193

**破壊と再生。ふたつの力を操り、狛矢は何を守る!?**

# 白衣の元繰術士と黒銀の枢機都市

著者／藤谷ある　イラスト／米

闇生物から人類を守るために建造された防衛の要ハーモニカ。その退闇校の生徒、狛矢は闇生物に襲われたところを助けた少女、四十崎士央と、とある事情で奇妙な同居生活を始めることに。彼女の体に隠された、人類と闇生物の戦いを左右する驚愕の真実とは!?

**シリーズ既刊好評発売中**

白衣の元繰術士と黒銀の枢機都市

**最新巻**　白衣の元繰術士と黒銀の枢機都市 2

HJ文庫毎月1日発売　発行：株式会社ホビージャパン